KB272469

포레스트 웨일 공동 작가

봄비 아래 피는 벗꽃

김유신 | writer&reader | 주야 | 키위 | 박윤윤 | 보름달물해파리 | 현수아
yejin_k | 세아 | 불족발 | 천홍규 | 류광현 | 미리암 최정미 | 수민 | 이끼
세연 | 현나영 | 글림(오지원) | 夏月 | 瑟 | 기유 | 김범화 | 고원苦寃 | 강대진
정주희 | 김희영 | 김유진 | 몽월 박창수 | 서기 | 송해성(아도니스송) | 길가은
이건아 | 김소안 | 전근영 | 지수 | 머문 | 영지현 | 박만재 | 숨이톡 | 박주연
주변인 | 권미자 | 이창근 | 윤서 | ㅇ30 (이심이) | 양성희 | 영원 | 이진형
새벽 | 최이서 | 이연화 | lilylove | 아낌 | 이상현 | 일월 | 이조일 | 하형정
황지애 | 새벽(Dawn) | 안세진 | 사비나 | 고딩시인(@po_e.mt) | 우호 | 시야
너란별 | 스안 | 김하종 | 가빈 | 사랑의 빛 | 주희 | 범람(혜성) | 오렌지옴
꿈꾸는 쟁이 | 가수 프레첼 | 황상열 | 도로시 | 월하 | 유온 | 나승우 | 이서율
soo.says | 재이아 | 이보하 | 김현아 | 정세영 | 명랑소녀 | 마법의성님
남화정 | 담 | 최재훈 | 양지혜 | 글쓰는 몽상가 LEE | 정지민

FOREST
WHALE

차례

포레스트 웨일

공동 작가

봄비

봄비

누군가 현을 가만히 건드린 것일까

하늘 아래 깔린 구름 사이로
말갛게 씻긴 소리들이 내려와
지붕 처마 끝에 걸터앉는다

겨울 내내 딱딱하게 굳어있던
대지의 껍질을 툭툭 건드리면
초록빛 신음을 내뱉으며 깨어난다

우산 위로 떨어지는 빗방울은
잊고 지낸 누군가의 인사처럼 다정해서
걸음마다 차오르는 수채화 빛 물웅덩이에
나의 그림자도 잠시 몸을 씻는다

채 피지 못한 꽃봉오리 속으로
조용히 스며드는 봄의 다정한 인사
온 세상이
한 권의 젖은 시집이 되어 읽힌다

봄비 아래 피는 벚꽃

수채화를 그린 봄비

하늘이 잠시 붓을 씻었나 봅니다

온통 물기를 머금었습니다

회색빛으로 묵직하던 공기가

어느새 가벼운 민트색으로 번지고

담벼락 아래 작은 풀꽃들은

세수하며 까르르 웃음을 터뜨립니다

지붕 위를 토닥이는 빗소리에

겨울내 딱딱하게 굳었던

흙의 마음들도 말랑하게 녹아내려

길가 구석진 곳으로 흘러갑니다

우산 위로 톡톡 떨어지는 리듬마다

초록색 음표가 하나둘 맺히는 시간

이 비가 그치고 나면

세상은 한 뼘 더 환해진 얼굴로

눈부신 봄날의 수채화를 그려가겠지요

봄비 아래 피는 벚꽃

봄비를 맞으며

너와의 기억
끝내려 하였다
그리고 그렇게
될 줄 알았다

그러나
봄비를 맞으며
피어나는 새싹처럼

나도 봄비를
맞으며
너와의 기억이
다시금 피어난다

그렇게
나는 오늘도
너를 잊지 못한다

우리가 붙인 이름

봄비의 정확한 정의는 없대
그래서 우리는 그냥
이걸 봄비라 부르기로 했어

봄비라니
얼마나 낭만적이야

품어주는 봄이라는 계절에
잠깐 지나가는 시련이라니

지치고 외로운 날들 사이에
잠깐 젖어도 괜찮은 시간이라니

그러니
너와 함께하는 이 시간을

나는 봄비라 부를래

비 맞는 것이 싫다면
내가 조금 더 젖으면 되지

어차피
너의 시간도
나의 계절이니까

비 오는 봄

조용히 내리는 봄비 속
네가 천천히 걸어간다

젖은 길 위
방황하듯 했던 너는
걸음을 멈추고
봄을 바라본다

비가 내리는 봄은
아무 말도 하지 않지만
멈춰있던 시간 위에
조용히 꽃을 놓고 간다

봄비 아래 피는 벚꽃

1. 박윤윤

분홍의 비봄

봄비를 거꾸로 말하면 비봄

비를 본다는 말 같지 않니

해 질 녘 비가 오는 날을 사랑했었는데

저 멀리 벚꽃잎이 젖어가는 중이네

벚꽃을 거꾸로 말하면 꽃벚

비봄과 같이 자연스럽진 않아

발음 때문인지 친구로 생각되더라

꽃과 벗을 맺고 싶구나 연약한 꽃잎은 물 한 방울에

도 쉽게 찢어져서 우산을 씌워주고만 싶어

그만큼 향기로운 문장은 또 어디 있을까

비가 오는 동시에 꽃잎이 내리면 어떻게 되는지 아니

정말 몰라서 물어본 거야

아마 함께 추락하지 않을까

세상에서 가장 아름다운 낙하를

봄비의 물방울은 분홍색일지도 몰라
벚꽃잎을 품은 물방울의 색깔은 봄의 빛깔
다시 고개를 돌려봐 비 오는 봄은 창가를 두드린다
벚꽃잎 한 송이가 투명한 창문에 달라붙고
나는 그냥 내버려둔단다 이젠 우산을 씌워주지 않고
그저 봄비와 하나가 되도록 바라보는 일

비를 바라보면 지난해 벚꽃이 떠오른단다
흩날리던 벚꽃잎이 빗방울에 잠식되던
하나가 되어 분홍의 봄이 되었던

봄비 아래 피는 벚꽃

내 마음을 녹이는 봄비

대한으로 인해 꽁꽁 얼어붙었던 마음이

어느새 찾아온 따스한 봄비로 인해 점차

녹아내렸다.

하얗던 세상도, 가지밖에 없던 나무에도 점차

생기가 돌기 시작했다.

봄비로 봄의 첫 시작을 알리고 우리가 알던

점차 따스한 세상으로 변해간다.

잠기는 봄

그날은 비가 내렸다

잠기는 봄

잠기는 너

툭, 툭

꽃잎이 떨어졌다

발치에 꽃잎이 쌓인다

발을 차마 돌리지 못한다

고요히, 꽃잎 떨어지는 소리

나붓한 봄비는 해사하고

나는 자꾸 잠겨만 간다

세상이 온통 너다

봄비가 내리던 날의 기록

새벽에 눈을 떴다.

머리는 다시 조여 왔고

가슴은 이유 없이 빨리 뛰었다.

잠은 얕았고

밤은 길었다.

창밖에는

봄비가 조용히 내리고 있었다.

세상은 이렇게 조용한데

내 몸 안에서는

작은 폭풍이 계속 일어나는 것 같았다.

그래도 나는

하루를 시작했다.

공장으로 가는 길
창문 밖에 흐르는 물방울을 보며
나는 가만히 생각했다.

이 비가 지나가면
벚꽃이 피겠지.

사람들은
그 벚꽃을 보며 웃겠지.

사람들은
그 벚꽃 아래에서

봄비 아래 피는 벚꽃

봄비 속에서 버티는 벚꽃처럼

어떤 날은
몸보다 마음이 더 아프다.

머리의 통증보다
사람의 말 한마디가
더 오래 남는 날이 있다.

그래서 나는
봄비를 바라본다.

비를 맞고 있는
벚꽃 나무를 생각한다.

아직 피지 않은 꽃들도
이미 피어 있는 꽃들도

같은 비를 맞고 있을 것이다.

벗꽃 나무는
아무 말도 하지 않는다.

그저 그 자리에서
조용히 서 있을 뿐이다.

바람이 불어도
비가 내려도
잠시 동안은
그 자리에서
꽃을 지키고 있다.

그래서 나는
가끔 그런 생각을 한다.

나도
저 나무처럼
잠시만 더 버텨볼 수 있을까.

온 세상이

갑작스럽게 찾아온 봄비처럼

당신도 어느 날 찾아와

나를 적신다

우산도 없이 나는

당신을 맞고 있다

온 세상이 봄비다
온 세상이 당신이다

짙은 향

봄비가 추적추적 내리는 날엔, 기다렸다는 듯이 너의 향이 짙어졌다. 마치 너의 흔적 하나 지우지 않기 위한 필사적이랄까.

너는 끝까지 놓지 않는다.
추억도, 시간도, 내 젊음도.

하지만 정작 놓지 못한 사람은 나였다.
아직도 그리움에 사무쳐 몸부림치는 내가 너무 슬펐다.
마지막 어설픈 메모장을 넘길 때, 타이밍도 좋게 비가 내린다.

투둑- 툭-

봄비가 내리는 날,

너는 날 잊어도 괜찮다.

나만 짙은 봄비를 맡아서라도 기억하면 되니깐.

봄비가 내려도,

너의 향기는 끝내 씻기지 않는다.

작년을 지우는 봄비가 온다

휘몰아치는 타인의 길거리에서
나는 없고 나를 모방한 나만 있었다

이해할 수 없는 감정들이
캥거루 주머니보다 넘쳤고

뒤돌아보자면 삶과 사회의 외줄타기를
아슬하게 걷는 모방자만 있다

책상에는 나 외에 읽을 수 없는 문장들이 계속해서
태어나고
일월에는 지우고 싶은 한 살짜리 일기장을 몰래 숨겨
두기도 한다

봄을 알리는
비가 온다

옆집 베란다에 몇 주 전 심은
상추의 새싹이 흙을 밀어 올렸다

지우고자 하는 것들을 데리고 흐르는 빗물
나는 그 물결에 작년을 띄운다

햇빛 줄기
하나가

새 일기장 위로
지나가고

봄비와 같이 내린 사랑

조용히 내리던 봄비가

어느 거리의 생각을 적실 때

너와 우연히 마주친 눈빛이

작은 인사 하나로 세상을 바꿨다

우산 끝에 맺힌 빗방울처럼

우리 사이엔 말 대신 고요가 쌓였고

같이 걷던 그 길의 숨결이

내 하루를 천천히 물들였다

그날의 설렘은 아직도 남아

비에 젖은 향기처럼 금세 사라지지 않고

조용히 내 안으로 스며들어

모든 계절을 너로 채워갈 것만 같다

아마도 우리는 그날부터였을까
봄비가 내리던 그 순간부터
사랑은 소리 없이 내려와
지금도 내 마음 위에 가만히 내리고 있다

계절이 바뀌어도, 빗줄기가 멈춰도
이 사랑은 봄비처럼 자꾸만 내려와
너의 흔적을, 너의 온기를
내 일상에 선명히 새겨놓는다

봄비가 내리는 월요일

비가 오는 월요일이었다.

고흥 벚꽃길 위로
꽃비가 섞인 빗줄기가 내린다.

"하나, 둘, 셋"
찰칵, 찰칵
사진 셔터 소리가
잠시 멈춘 비를 깨운다.

고랑에 흐르는 빗물
멀리 여행길 내어주려
농부 아저씨들은
삽을 들고
물길을 터준다.

나는 그 빗소리가 좋아
조금 더 오래
이 길에 머문다.

귀리가 이삭을 피우듯
내 마음도
봄비에 젖어
조용히 자란다.

봄비가 멈추면
이 순간도 끝날까 봐
조금 더
내리기를 바란다.

봄비

마치 봄비처럼

봄비는 오래 내리지 않는다.
잠깐 와서 공기를 촉촉하게 적시고
아무 일 없다는 듯 지나간다.

그래도 사람들은
그 잠깐의 비를 기억한다.

어딘가에 빗자국을 남기고
지나가기 때문일까.

너도 그런 것 같다.
잠깐 보이는 순간,
노래 한 소절, 짧은 영상 하나.

나에게 행복을 남기고
지나간다.

그게 나의 하루를 조금 더
기억하게 만든다.

마치 봄비처럼.

너를 닮은 봄비

개학한 지 얼마 되지 않은
3월의 어느 날
따뜻했던 2월을 잊게 하듯
차가운 봄비가 내렸다

얇은 옷가지론 버틸 수 없을 정도로
봄비는 차가운 공기를 실어 왔고
그 수증기엔 네가 있었다

온 세상을 메어버릴 듯 내리는 봄비는
차갑지만 다정하게 흙에 스며들었고
너를 실어 온 수증기는
나의 폐에 스며들었다

내리는 봄비가 내 옷을 적실 때
넌 함께 내 마음을 적셨다
다정히도 내리는
그 한 방울, 한 방울의 빗물이
너를 그리며 떨어졌다

봄? 겨울, 비

겨울비인 줄 알았다
창밖에서 추적이는 비를 보고
발이 시린 집 안에 있었기에
겨울비인 줄 알았다

입춘이 오지 않은 줄 알았다
차가운 공기는
나를 부술 정도로
날카로웠기에

봄비인 줄 몰랐다
땅을 치는 빗방울이
내 머리 위로 내렸을 때
그것은 우박만큼이나 아팠기에

또,

창밖에서 흘러 들어오는

비를 머금은 공기가

너무 추웠기에

봄비인 줄을 몰랐다

비로소 봄

빛바랜 어머니의 사진은
꼭 봄의 핀 꽃처럼 아름다웠다

활짝 웃는 소녀의 얼굴은
지금의 주름진 얼굴과 사뭇 달랐으니

어머니, 저는 봄비인가 봐요
제가 어머니의 꽃잎을 다 지게 해버렸어요

시무룩한 내 목소리에
어머니는 웃으며 말했다

너에게 짐으로써
비로소 엄마의 봄이란다

봄비 아래 피는 벚꽃

사진 속 나와 지금의 네가
꼭 닮아있지 않니

아이야, 나는 아직 봄이란다

화풍난양

날이 개면 어김없이 비가 내린다

대낮서부터 지독할 꽃샘추위라 했던가

겨울 걷힌 대지에 안도 말라 이르는가

겨울은 매섭고 여름은 모질 터이니

하필이도 그 사이 비집은 봄은

개화도 이른 채 낙화부터 내다본다

싹을 틔우기에 제법 적절하지만

봉오리를 펼치려니 서둘러야 할 계절

허나 푸르름은 무엇 하나 할 것 없이 무모하다

벼린 양극단 사이를 잇는 일은

언제라도 완만할 수 없을 테지만

어제 같은 태양은 봄 마디에 유독 따스하고

벌인 바람길은 볕 아래 헤엄치듯 유연하다

굵은 빗방울 머리 위 잇따라 내려앉으나
예부터 느루 계절을 품은 자연에게
봄은 여전히 벅차게 유효하오니

골목 어귀 피어난 민들레는
봄비 지나 햇병아리 만치 노랗게 개었다

봄비가 가져오는 것

소나기가
하늘이 크게 말하는 비라면

봄비는
작게 고개를 끄덕이는 비다

봄비는
서두르지 않는다
지붕 위에
조용히 앉아
가느다란 소리를 매달아 둔다

툭

툭

작은 소리들이

땅을 부드럽게 두드리면

겨울 동안

닫혀있던 것들이

하나씩

안에서부터 풀린다

봄은

잔잔한 비 한 번으로

조용히

자라나는 계절이거든

연모하던

어디서 들었는데, 봄비는 애틋한 사랑을 알리는 종이
라더라

남몰래 연모하던 이의 이름도 제대로 불러보지 못하
고 떠나보내 시작해 보지도 못하고 끝내버린 애틋한
사랑을,

그 사람이 좋아하던 봄이 오는 시기에 맞추어 눈물을
쏟아내는 거라더라

그게 정말이라면
나도 꽃이 핀 거리에서 울 수 있을까

남몰래 연모하던 너를 떠나보냈다는 기억을 안고서
감히 울어볼 자격이 있을까

우환(雨患)

비가 내렸다.
봄비가 내렸다.

봄비가
내 온몸을 천천히 적셔갔다.

천천히 떨어지는 빗방울에 저항할 틈도 없이 나는 젖
어만 갔다.

우산 없는 내 이 몸은 비에 근심하며
한없이 젖어만 갔다.

싸늘한 바람이 젖은 나를 스칠 때
네가 올까, 네가 올까

다가올 비에 근심할 때
네가 올까, 네가 올까

우산 없는 이 몸이, 당신 없는 이 몸이
한없이 젖어만 갔다.

봄비 아래 피는 벚꽃

봄비가 지나간 자리

봄비가 지나간 자리는
항상 조금 조용해.

방금까지 내리던 빗소리는 사라졌는데
어딘가에 아직 남아 있는 것 같아서
괜히 창문을 한 번 더 보게 돼.

젖은 길 위로
흩어진 벚꽃잎이 붙어 있고
바람이 불 때마다
천천히 다른 곳으로 흘러가.

비는 이미 그쳤는데
마음은 아직
봄비가 지나간 자리에서
잠깐 멈춰 서 있는 것 같아.

1. 김범화

너에게도 봄이 오기를

인간은
봄이 오는 소리를 들을 수 없어서

하늘은
봄이 오는 소리를 대신해 비를 내린대

들어라
한 때 땅에 살았던
하늘로 돌아온 존재들아

이제는
온 땅이 젖도록
눈물을 쏟아라

너희의 명은 다하였으나
생명을 몫으로 두었으니
살아있는 그들에게 봄을 전하라

천사들이 울기 시작하면
인간은 문득 그리워지는 거래

눈물을 그친 천사들이
각자 몫의 생명을 축복하면

그제야
초록빛 새싹이
돋아나는 거야

그러니
기억하렴

너를 기억하며
울어 준 천사가 있었기에
너에게도 봄이 온 거란다

봄비

봄

봄은 시작을 담은 꽃

비는 침울을 담은 물

봄비는 시작의 침울과

시작의 기대를 담은

꽃이 피는 것

봄비는 시작을 담은 것.

봄비는 시작인 것.

봄비는 모든 것의 시적인 시작인 것.

1. 강대진

봄비

봄비

밤새
창을 두드리던 빗소리

아직 잠든 세상에
조용히
봄을 적셔 놓는다

마른가지 끝에서
작은 숨들이
하나둘 깨어나고

흙 속 깊이 묻혀있던
시간이
천천히 몸을 푼다

이제
올라가도 되겠지?

아무도 모르는 사이에
세상은 조금 더
푸르게 기울고 있다.

아침이 오면
우리는 그저 말하겠지?
밤에
봄비가 왔다고

봄비 아래 피는 벚꽃

봄비가 오는 창가

봄비

봄비가 유리창을 조심스레 두드린다

누군가의 이름처럼
조용히 떨어지는 빗방울

우리는 봄비가 이리 어여쁜지 알았을까

나는 창가에 앉아
젖어가는 거리와
젖어가는 마음을 본다

비는 아무 말도 하지 않지만
젖은 나무와
어린잎들은 알고 있다

이 비가 지나가고 나면

또 한 번

이 세상을 초록으로 물들일 거라는 걸

1. 김희영

봄을 알리는 비, 봄비를 알리는 비염

엣취,

아침에 눈을 뜨자마자 연신 재채기를 해댔다.

"봄비가 올 건가 봐."

출근 준비를 하고 집을 나서려는데 빗방울이 후드득 떨어졌다.

봄비다. 봄보다 한 발 먼저 와서 길을 트는 비, 봄이 오고 있음을 알리는 비다.

봄비가 내리면 어김없이 고질적인 비염도 함께 시작된다.

그래도 스무 살 적을 떠올리면 지금은 훨씬 편해진 편이다.

그때는 봄만 되면 재채기가 멈추지 않았고, 눈은 가렵고 따가워 제대로 뜰 수조차 없었다. 친구의 손을 잡고 눈을 감은 채 길을 걸어야 할 때도 있었다. 뒤이

어 터지는 코피까지. 그렇게 나는 매년 봄 비염에 시달렸다.

결혼하고 아이를 낳고 보니 신기하게도 비염은 조금씩 수그러들었다. 지금은 봄비가 오는 날에 맞춰 재채기가 터지는 것 말고는 꽤 괜찮아졌다.

그런데도 나는 봄비가 무척 좋다.

겨우내 숨어있던 생명들을 깨우려고 조심스럽게 이불을 들추는 엄마의 손길처럼 왠지 포근하게 느껴지기 때문이다. 그래서 연신 콧물이 터지고 재채기를 하면서도 테라스 앞에 앉아 봄비를 바라보게 된다.

쏴아-. 하고 쏟아지는 봄비를 보고 있으면 마치 인생의 새 장이 열리는 느낌이 든다. 어둡고 침울했던 시간은 잠시 잊히고, 새로운 시작을 선물 받는 기분이랄까. 다른 계절의 비와는 사뭇 다른 감정이다.

따뜻한 커피 한잔을 들고 한참을 바라보다가 자리에서 일어난다. 그리고 봄의 새싹처럼 개운하게 기지개를 켠다.

무엇을 시작해도 괜찮을 것 같은 기분 속에서 다시 하루를 연다.

봄비는 나에게 그런 존재다.

묵고 답답했던 시간을 털어내고, 다시 한번 환하게 피어나 보라고 등을 밀어주는 계절의 신호.

그래서일까. 봄비가 내리는 날이면 괜히 창가에 오래 서 있게 된다.

재채기를 몇 번 하고 나면 마음도 조금은 가벼워진다.

빗소리를 가만히 듣고 있으면 겨우내 굳어 있던 시간이 천천히 풀리는 것 같다. 오늘도 그렇게 봄비 한 줄기를 마음에 받아 두고, 나는 다시 하루를 걸어간다.

조금 더 가볍게, 조금 더 따뜻하게.

봄을 앞지른 마음

며칠 전 씨앗을 샀다
봉투 뒷면, 발아 조건을 확인한 뒤로는
일기예보를 보는 습관이 생겼다

오늘은 아직 춥네
내일도 여전히 추우려나
언제쯤 이 긴 겨울이 가고 봄이 올런지

씨앗이 담긴 봉투를 그저 만지작
너는 싹을 틔우느라 고생 좀 하겠지만
나는 널 심을 날을 고르느라 마음고생 중이야

오늘은 비 예보가 있다

차갑지 않은 비라면 좋겠는데

눈치껏 적당히 내려

따뜻하고 말랑한 흙이 되었으면 하는데

혹시 모르지

오늘 밤 조용히 비가 내리면

내일 아침에는 너를 심어도 될 것 같은 기분이 들지도

부디 눈이 되어 내리지 않길

봄비로서 땅에 내려주기를

봄이 되어 나를 감싸주기를

그렇게 네가 처음 만날 봄날을 조금 먼저 상상해 본다

봄비

너만 봄

봄 봄 무슨 봄

길거리마다 팝콘 피어나는 하얀 봄

솜털 봉우리 피어나는 목련의 커다란 봄

벚꽃을 찍는다며 너에게 초점을 맞추는 나의 봄

나는 너를 봄

너는 꽃만 봄

렌즈 속엔 꽃보다 네가 더 환해서

내 마음은 이미 분홍색으로 번졌는데

너는 자꾸 꽃이랑만 눈을 맞추네

있지

이따가 봄비가 아주 조금만 내려서

이 꽃들이 울상이 되면 좋겠어

시무룩해진 네가 그땐 나를 봐줄까 해서

우산 아래의 거리, 0.5미터

우산 아래의 거리, 0.5미터

예보에도 없던 봄비는 늘 가장 무방비한 순간을 골라 찾아온다.

아침 8시 10분. 정류장 바닥의 껌 자국이 빗방울에 젖어 검게 변해갈 때, 나는 내 운동화 앞코만 뚫어지게 쳐다보고 있었다. 고개를 들면 2미터 앞에 서 있는 그녀의 뒷모습과 마주쳐야 했기 때문이다. 그녀의 가방에 매달린 작은 고양이 키링은 버스가 올 방향을 향해 미세하게 흔들리고 있었다.

나는 그녀의 이름을 모른다. 그저 지난 세 달간, 월요일부터 금요일까지 이 자리에서 같은 번호의 버스를 기다려온 '정류장 동료'일 뿐이다. 그녀는 늘 연한 베

이지색 코트를 입었고, 손목에는 가느다란 은팔찌를 차고 있었다. 버스를 타기 직전 팔목을 가볍게 털어 시계를 확인하는 그녀의 습관까지 나는 외우고 있었다.

하지만 우리의 거리는 늘 2미터였다. 그 이상 가까워지면 무례한 침범이 될 것 같았고, 그보다 멀어지면 그녀를 시야에서 놓칠 것만 같았다. 0과 1 사이의 무수한 소수점처럼 나는 결코 정수가 될 수 없는 그 모호한 거리에서 안도감을 느꼈다.

"아…"

그녀의 작은 신음 섞인 목소리가 들렸다. 하늘은 어느새 잉크를 풀어놓은 듯 탁해져 있었고, 빗줄기는 아스팔트를 때리며 특유의 비릿한 흙 내음을 피워 올리고 있었다. 사람들은 가방을 머리 위로 올리고 근처 편의점 처마 밑으로 흩어졌다. 그녀 역시 당황한 기색으로 주변을 살피더니 짧은 보폭으로 뛰어 편의점 입구 좁은 지붕 아래 몸을 숨겼다.

내 가방 안에는 어제 혹시 몰라 넣어둔 3단 접이식

우산이 들어 있었다. 손바닥에 땀이 찼다. 우산을 꺼내는 건 쉬운 일이지만, 그것을 펼쳐 그녀의 머리 위로 가져가는 일은 에베레스트를 넘는 것보다 더 큰 용기가 필요했다.

편의점 조명은 비 내리는 거리와 대조되어 유난히 밝고 따뜻해 보였다. 그녀는 가방 안을 뒤적이다가 이내 포기한 듯 한숨을 내쉬며 빗줄기를 바라보았다. 젖은 머리카락 몇 가닥이 그녀의 뺨에 달라붙어 있었다.

'지금이야.'

내 안의 누군가가 등을 떠밀었다. 나는 가방에서 검은색 우산을 꺼냈다. '탁' 하고 우산이 펼쳐지는 소리가 빗소리에 묻혔다. 나는 로봇처럼 뻣뻣한 걸음으로 그녀가 서 있는 처마 밑으로 다가갔다. 심장 소리가 귓가를 울려 빗소리보다 더 크게 들리는 것 같았다.

"저…"

내 목소리는 생각보다 떨리고 있었다. 그녀가 고개

를 돌렸다. 가까이서 본 그녀의 눈동자는 비구름을 닮아 맑고도 깊었다.

"역까지만... 같이 가실래요? 어차피 저도 가는 길이라서요."

그녀의 눈이 조금 커졌다. 찰나의 침묵이 흐르는 동안 나는 도망치고 싶다는 생각과 제발 수락해달라는 간절함 사이에서 요동쳤다.

"아, 네. 감사합니다. 실례가 안 된다면..."

그녀가 조심스럽게 내 우산 안으로 발을 들였다. 2미터였던 거리가 단숨에 0.5미터로 좁혀졌다. 그녀의 어깨가 내 팔 근처에 머물렀다. 비 냄새 사이로 은은한 비누 향기가 훅 끼어들었다.

우리는 말없이 걷기 시작했다. 우산이라는 작은 지붕 아래, 세상은 오직 우리 두 사람만을 위해 존재하는 것 같았다. 우산 천 위를 때리는 규칙적인 빗소리가 마치 우리 사이의 어색함을 메워주는 배경음악처

럼 들렸다.

나는 우산을 슬쩍 그녀 쪽으로 기울였다. 내 오른쪽 어깨가 차가운 빗방울에 젖어 들어갔지만 상관없었다. 오히려 그 차가움 덕분에 달아오른 얼굴이 조금 식는 기분이었다.

"저기, 옷이 젖고 있어요."

그녀가 작게 속삭였다. 그러더니 내 우산을 잡은 내 손목 위로 그녀의 작은 손이 가볍게 닿았다.

"조금만 더 이쪽으로 오세요. 제가 너무 많이 차지하고 있는 것 같아서요."

그녀가 나를 자기 쪽으로 살짝 당겼다. 0.5미터였던 거리가 이제는 0.2미터가 되었다. 빗소리가 더 선명해졌고, 공기는 더 따뜻해졌다. 봄비는 대지를 적시는 게 아니라, 얼어붙어 있던 내 마음의 경계선을 녹이고 있었다.

"사실은… 알고 있었어요."

그녀의 목소리는 빗줄기 사이를 통과하며 묘하게 흩어졌다. 나는 숨을 멈췄다. 내가 그녀를 관찰해온 것처럼, 그녀 또한 나라는 존재를 인지하고 있었다는 사실이 비현실적으로 다가왔다.

"매일 같은 자리에 서 계시잖아요. 가끔은 졸고 계실 때도 있고 어떤 날은 아주 심각한 표정으로 휴대폰만 보고 계실 때도 있고요."

그녀가 작게 웃었다. 우산대가 미세하게 떨렸다. 그 떨림이 내 손을 타고 심장까지 전달되는 기분이었다. 나는 어색하게 웃으며 뒷머리를 긁적였다.

"그렇게 티가 났나요? 저는 나름대로 투명 인간처럼 서 있었다고 생각했는데."
"투명 인간치고는 너무 성실하셨던 거 아닌가요? 비가 오나 눈이 오나 늘 8시 10분이었으니까."

그녀의 말에 용기가 생겼다. 나는 한 걸음 내디디며

봄비 아래 피는 벚꽃

물었다.

"그럼… 제가 우산을 들고 다가갔을 때 별로 안 놀
라셨겠네요?"
"아뇨, 놀랐어요. 오늘은 웬일인지 8시 10분이 아니라
퇴근길에 마주쳤고, 심지어 우산까지 내어주셨으니까
요. 속으로 생각했죠. '드디어 말을 거는구나'라고요."

그녀의 솔직함에 심박수가 한계치에 다다랐다. 비는
어느덧 더 거세져 우산 천 위를 드럼처럼 두드려댔다.
우리는 횡단보도 앞에 멈춰 섰다. 빨간 불빛이 젖은
아스팔트 위로 번져나가며 마치 붉은 카페트를 깔아
놓은 것 같았다. 물웅덩이에 반사된 자동차 헤드라이
트가 보석처럼 부서졌다.

"우산, 더 이쪽으로 쓰세요. 팔 젖잖아요."

그녀가 다시 한번 내 소매를 살짝 잡아당겼다. 좁은
우산 아래서 우리는 필연적으로 어깨를 부딪치며 걸
어야 했다. 내 오른쪽 어깨에서는 그녀의 온기가 느껴
졌고, 비바람에 노출된 내 왼쪽 어깨는 차갑게 식어갔

다. 하지만 그 극명한 온도 차이가 오히려 내가 지금
이 순간, 그녀와 함께 있다는 사실을 생생하게 일깨워
주었다.

"이 비가 그치면 진짜 봄이 오겠죠?"

그녀가 허공을 향해 손을 뻗어 빗방울을 받아내며
말했다.

"그러게요. 올해 봄비는 좀 늦은 편이라… 꽃들이 많
이 기다렸을 거예요."
"꽃들도 기다렸겠지만 저는 이 비가 조금 더 천천히
그쳤으면 좋겠어요."

그녀의 시선이 내 젖은 어깨에 머물렀다. 찰나의 눈
맞춤. 나는 그녀의 눈동자 속에서 내 모습이 비치는
것을 보았다. 당황하고, 서툴지만, 어느 때보다 진심
인 얼굴. 지하철역의 에스컬레이터 입구가 저 멀리 보
이기 시작했다. 늘 금방 도착하던 그 거리가 오늘따라
왜 이렇게 짧게 느껴지는지 야속할 따름이었다.

지하철역 입구, 사람들의 분주한 발소리와 개찰구의 기계음이 들려오기 시작했다. 이제 우산을 접어야 할 시간이었다. 나는 우산을 접기 전, 입구 처마 밑에서 잠시 머뭇거렸다. 그녀 역시 선뜻 안으로 들어가지 않고 내 옆에 서 있었다.

"덕분에 하나도 안 젖고 잘 왔어요. 고마워요, 정말."

그녀가 고개를 숙여 인사했다. 나는 접힌 우산 끝에서 떨어지는 빗방울을 멍하니 바라보았다. 이대로 보내면 내일 아침 우리는 다시 2미터의 거리로 돌아가게 될 것이다.

"저기, 혹시요."
"네?"
"내일 아침에는 비가 안 올 거래요. 그래도… 8시 10분에 거기 계실 거죠?"

그녀는 대답 대신 가방 안에서 작은 수첩과 펜을 꺼냈다. 그리고는 조그마한 종이 한 장을 찢어 내게 건넸다. 그 위에는 열 한자리의 숫자와 함께 '서윤'이라

는 이름이 정갈하게 적혀 있었다.

"내일은 제가 커피 살게요. 우산 빌려준 값으로요. 아, 그리고 제 가방에 달린 고양이 키링 이름은 '나비'예요. 매일 쳐다보시길래 궁금해하실 것 같아서."

그녀는 장난스럽게 윙크를 해 보이고는 인파 속으로 사라졌다. 나는 한참 동안 그 뒷모습을 바라보았다. 손바닥에 남은 종이의 촉감과 우산 밑에서 나누었던 공기의 무게.

내 왼쪽 어깨는 흠뻑 젖어 축축했지만 가슴 안쪽은 난로를 지핀 듯 뜨거웠다. 밖에는 여전히 봄비가 내리고 있었다. 하지만 내 세상의 계절은 이미 완연한 봄으로 넘어가고 있었다.

잊어야 하는 봄

봄비

피어난 추억들은
비에 씻겨 떨어지고

마지막 우산이 돼줄 때
나직이 울리는 울음소리

함께 걷던 길은
한 번 더 걷고 싶었고

마주하고 웃던 얼굴은
마지막 얼굴이 되었고

있어야 할 기억은
마지막 얼굴이 될 때

그때

이 봄을 지워야겠지.

3월 16일 새벽 봄의 선율

창밖을 두드리는 빗소리에

포근했던 단잠이 스르르 깨어납니다!

발치에 걷어차인 이불자락을 보니

코끝을 스치던 쓸쓸한 공기도

이제는 제법 멀리 물러갔나 봅니다.

욕실로 향하던 발걸음을 멈추고

침대 끝에 걸터앉아 가만히 귀를 기울입니다!

봄비가 연주하는 은은한 선율,

어린 날 어머니가 들려주던 자장가를 닮았습니다.

처마 끝을 타고 흐르는 빗줄기를 따라

대지는 나지막이 숨을 고르고

움츠렸던 생명들은 달콤한 생명수를 들이킵니다.

77

봄비

이제 곧 기지개를 켜고 일어날 새싹들이
세상을 향해 수줍은 인사를 건네겠지요!
그 눈부신 기척에 내 마음도 함께 설렙니다.

춘우(春雨)

세련되지는 않은 비,

거세게 몰아치지도

바람이 매섭게 휘몰아치지도 않습니다.

하지만 그 무심한 듯 내리는 비는

세상에서 가장 거대한 생명의 숨결,

그 원동력이 되어 대지를 깨웁니다!

보이지 않는 바람의 손길,

알맞게 데워진 공기의 온도,

그리고 촉촉하게 스며드는 습기

이 모든 것이 어우러져

올해도 작지만 가장 강인한 새싹 하나!

춘우와 함께 힘차게 고개를 내밀기 시작합니다.

봄비

널 보고픈 마음을 적고
그때의 흔적을 찾는다.

널 좋아한 마음을 느껴
다시 한 사랑을 후회해.

난 내가 정이 많은 줄 알았어,
그래서 힘든 건 줄 알았는데.

'너'라서 정이 많은 줄 몰랐어,
그래서 나의 비는 너라는 봄.

봄에는 나의 비가 청춘이었기를.
나 또한 그러니.

마음이 담긴 사진

"아… 먼저 도착해야 했는데…"

힘겹게 뛰다 멈춘 신호등 앞. 멀리서 그 아이가 보였다. 먼저 와서 기다리려 10분이나 일찍 준비해서 나왔지만, 실패한 것 같다.

'오래 기다리진 않았으려나…?'

그 아이는 귀에 이어폰을 꽂고 눈은 핸드폰을 향해 있었다. 어떤 노래를 듣는지 살짝 올라간 입꼬리가 씰룩거리며 꽤 신나 보였다. 신호등은 아직 빨간불. 여기서 그 아이를 불러야 할지 말아야 할지 고민하던 끝에 그 아이를 부르지 않고 그저 멀리서 바라봤다.

이유는 단순했다. 그냥 벚꽃잎이 휘날리는 가운데 신호등 너머 서 있는 그 모습이 한 폭의 그림과 같아 조금 더 감상하고 싶다는 생각이 들었다. 한껏 나풀거리는 흰 치마와 벚꽃과 오묘하게 어울리는 노란 카디건, 어깨에 걸친 작은 미니 백이 파스텔톤으로 어울렸

다. 바람을 따라 흩날리는 머리카락 위로 하롱하롱 흘날리는 벚꽃잎이 내려앉았다. 꼭 일부러 헤어핀이라도 낀 것 같이 잘 어울렸다. 나는 조심스럽게 다가가 그 아이의 머리카락에 앉은 벚꽃잎을 떼어주며 말하였다.

"오래 기다렸지?"

머리카락을 스치는 감각에 눈이 동그래진 그 아이는 내 얼굴을 보고 웃으며 말했다.

"아니! 나도 방금 왔어… 나 혹시 너무 일찍 왔나?"

살짝 눈치를 보는 듯한 말투에 나는 고개를 휘저으며, "아니 기다려줘서 고마워서 그러지"라며 싱긋 미소를 지었다.

"근데 다음에는 더 늦게 나와도 돼. 나도 네가 오기만을 기다리면서 설레는 마음을 느껴보고 싶단 말이야…"

대놓고 하는 그 낯부끄러운 소리에 그녀는 고개를 숙이며 말했다.

"에이… 그게 무슨 소리야… 기다리는 게 뭐가 재밌다고…."

그 모습에 괜히 장난기가 솟아 놀리듯이 말했다.

"왜 너는 재미없었어?"

고개를 숙인 쪽으로 얼굴을 들이밀며 묻자 그 아이는 한 발짝 뒤로 물리더니 휙- 몸을 틀어버렸다.

"우.. 우리..! 저기 그.. 빨리 가자… 그…"

"어디? 어디 가는 데에?"

말꼬리는 늘리며 놀리는 듯한 말투에 그 아이의 얼굴은 벚꽃을 한가득 머금은 듯했다.

"몰라! 가! 일단 가!"

자기가 향하는 길을 알고는 있는지 무작정 걸어가던 그 아이의 손목을 잡고 친절히 우리가 갈 길로 안내했다.

"어디 가. 우리 거기 가는 거 아니야."

"아! 그치 그렇지… 우리! 그…"

"사진. 찍으러 가야지."

우리 학교에는 사진 동아리가 있다. 막 그렇게 동아리의 본분을 충실히 수행하는 모범적인 동아리는 아니지만 주기적으로 행사는 꽤 한다. 그리고 이번에 이렇게 이 아이와 나온 건 그 동아리 행사 때문이기도 했다. 물론 그 아이와 한 팀이 되기 위해서 다른 아이들에게 아이스크림을 사준 건 비밀이다. 아직은 꽤 쌀쌀하여 먹지 않겠다고 하면 어쩌나 걱정했었지만 10

대의 왕성한 식욕 앞에서는 계절이고 날씨고 아무 소용없었다. 나이가 깡패라는 말은 이럴 때 쓰는 모양이었다. 어쨌거나 이곳에 온 이유는 사진 때문이었고 우리는 올해 최고의 벚꽃을 카메라에 담아내야 할 의무가 있었다. 그리하여 온 곳은 바로 공원이었다. 학교 근방에 있는 곳 중 가장 벚꽃이 만개하기로 유명한 곳이었다. 참고로 다른 동아리 부원들은 봄의 또 다른 명물들을 카메라에 담아내러 갔다.

"근데 우리 조는 찍을 대상이 너무 쉬운 거 아니야? 어딜 어떻게 찍던 다 이쁘게 나오잖아. 지금 여기서 대충 찍어도 작품 하나는 뚝딱 나올걸?"

그리고 그 순간 나의 가벼운 말이 그 아이의 무언가를 건든 건지… 몸이 살짝 움찔한 것 같았다.

"과연 그럴까?"

그 아이는 한쪽 눈썹을 올리며 벤치 쪽으로 쪼르르 달려가 앉았다. 그리고 자기 옆자리를 툭툭 치며 가볍게 손짓했다. 그리고 가방에서 카메라를 꺼내 사진을 보여줬다.

"이거 봐봐."

그 아이가 보여준 사진은 비가 추적추적 내리는 습기 가득한 어느 날의 사진이었다.

봄비 아래 피는 벚꽃

“이게 왜?”

“기다려 봐…… 아! 이거 봐.”

그리고 보여준 사진은 똑같은 날에 똑같은 곳에서 찍은 비 오는 날의 사진이었다. 똑같은 배경에 다를 게 하나 없는 사진인데… 하지만… 뭔가가 달랐다. 아주 미묘한 무언가가…

“필터를 썼나?”

“아하하.. 아니? 그냥 찍는 사람의 마음가짐이 달랐을 뿐이야!”

“마음가짐?”

나의 되물음에 그 아이는 눈에 불을 켜며 답변했다.

“응! 눈에 보이지 않는다고 그런 사소한 것들은 사진에 담기지 않는다고 생각할 수도 있어… 그림도 아니고… 보이는 대로 담아내는데 마음가짐이란 게 뭐가 그렇게 중요하나? 싶을 수도 있는데!”

“있는데?”

“바로 그 말에 맹점이 있지!”

“어떤 맹점이 있는데?”

“보이는 대로 담아낸다고! 내가 내 눈에 보이는 대로 담아낸다고!”

“아…”

말을 들어보니 그녀가 말하고 싶은 건 그런 것 같았
다. 무언가를, 누군가를 진심으로 좋아할 때 내가 바라
보는 대상의 모습에 관한 이야기. 내 눈으로 내가 직
접 찍어야만 비로소 보이는 사진에 담긴 진심 어린 마
음들…. 다시 보니 처음 본 비 사진은 추적추적 우울한
느낌이 가득했다. 하지만 다음으로 본 사진에서는…
무언가 조금 더 상쾌한… 기분 좋은 느낌이 났다.

나는 그녀를 바라보고 미소를 지으며 말했다.

"무슨 소리인지 알았어… 너 방금 내가 그냥 막 찍
어도 된다고 해서 그렇게 열을 올리고 설명한 거지?"

"당연하지! 방금 그 발언… 사진을 사랑하는 나로서
는 그냥 넘어갈 수 없었다고…"

그녀는 자신의 연설이 조금 부끄러웠는지 얼굴을
붉혔다. 나는 그 틈을 놓치지 않고 몸을 그녀 쪽으로
살짝 기울면서 말했다.

"그래. 그래. 그러면 이제 사진 찍자. 물론 사랑하는
감정을 듬뿍 담아서!"

"…응."

"그리고… 각자 찍어서 가져오는 거 어때? 누가 사
랑하는 마음이 더 많이 담겼나 보게."

그 말에 입이 오리처럼 툭 튀어나온 그 아이가 전보

다는 낮은 목소리로 말했다.

"아.. 놀리지 마… 나 진심이었단 말이야…"

"누가 그래? 내가 놀린다고? 나도 진심이야 엄청!"

내 진심을 들여다볼 수도 없는 노릇이고 더 할 말도 없다 보니 그 아이는 아무 말도 못 하고 카메라를 들고 반대 벚나무 쪽으로 뛰어갔다.

15분 정도가 지났을까? 먼저 사진을 다 찍고 앉아 있던 내 옆으로 그녀가 달려와 앉았다. 사진 찍는 데 얼마나 열중했는지 아까의 서운함은 말끔히 잊은 듯 얼굴에는 웃음이 가득했다.

"다 찍었어?"

"응! 너는 생각보다 빨리 찍은 것 같더라?"

"그래도 사랑하는 마음은 가득 담겨 있으니까 걱정하지 마시고! 늦게 왔으니까 너부터 보여줘."

그 말에 "그래!"라 하며 카메라를 넘겨줬다.

그녀가 찍은 벚꽃은 구름 한 점 없는 맑은 하늘과 어우러져 물감으로 칠한 바다에서 꼿꼿하게 하지만 자유롭게 피어오르는 벚꽃을 형상화한 것 같았다. 그리고 그 주위에 떨어진 분홍 물감들은 강렬한 파랑에 물들을 듯하지만, 자신의 색깔을 지키며 아름답게 빛

나고 있었다. 정말 그녀다운 사진이었다.

"어때? 잘 찍었지!"

"응.. 진짜 잘 찍었네."

"그럼 이제 너도 봐야지!"

그녀는 의자 반대편에 놓여 있던 카메라를 낚아채더니 사진을 넘겼다. 그리고…

"어?"

살짝 당황한 표정으로 나와 사진을 번갈아 봤다. 그 표정에서 이미 무엇을 뜻하는지는 알고 있는 것 같았으나 내 말로 꼭 표현하고 싶었다. 그래서 말했다.

"어때? 사랑하는 마음을 가득 담아봤어. 마음에 들어?"라고, 그러자 그 아이의 귀가 빨개지더니 고개를 위아래로 흔들며 환하게 웃었다.

카메라에 담긴 그 사진처럼.

1. 김소안

초봄의 빗줄기

봄비

차가운 바람이 스치는
초봄의 골목길

가느다란 빗줄기가
내 손끝을 스쳐 지나간다

그 순간

손끝에 맺힌 물방울이
유난히 밝게 흔들렸다

그제야 알았다

이 빗줄기가
나를 스쳐 가는 동안

나는 잠깐

빛 속에 서 있었다는 것을

봄비 아래 피는 벚꽃

봄비

분홍색 하늘에 하얀색의 물감이 떨어지니
분홍색 하늘에서 파란색이 보인다
분홍색 하늘에서 파란색이 보이기 시작하더니
파란색이 금새 연해진다

파란 하늘에서 벚꽃 비가 목련과 떨어지니
길가가 하얀 분홍의 장식을 지니니
그 장식이 길가의 다른 꽃들과 연을 맺으니
그 연을 맺고 또 봄비가 내리니

아, 그 봄비는 시작이구나

봄비와 다소니

봄에 내리는 비는
유난히 분홍빛이 돌아
사랑의 마음도 함께 피어난다

멀리 있어도
분홍 향기가 코끝을 스치고
빗방울과 함께
분홍 가루가 흩날린다

촉촉히 젖은 땅 위로
풀 내음이 번져와
분홍 향기와 섞여
사랑의 향기 가득해진다

봄자락

밟고 지나가도 괜찮다던
그 말 위로
늦은 봄비가 내렸다

바닥에 떨어진 것은
제 일을 다한 꽃잎이었는지
우리의 시간이었는지

나는
그 자리에 그대로 젖어 있었고

너는
먼저 돌아선 척
같은 비를 맞고 있었을지도 모른다

기억하나요
그날의 꽃잎을

끝내 지나가지 못한 사람과
지나간 줄 알았던 계절 사이에서

만약 다시 피어난다면
안녕 대신

이 계절이
끝나지 않은 것처럼

내 손에 봄을 쥐여준 채

조금 더 오래
머물러주세요

봄비 아래 피는 벚꽃

봄비를 맞으며

봄비

봄비를 맞으며

가만히 내리는 빗소리에
겨울의 끝이 젖어든다
차갑던 공기 사이로
어느새 풀잎의 숨결이 번지고

우산을 접은 채 서 있으면
작은 물방울들이
어깨 위에 말을 건다
"이제 괜찮다"라고,
"다시 시작해도 좋다"라고

흙냄새 은은히 피어올라
잊고 있던 기억을 깨우고

마른 마음 틈새마다
연둣빛 희망이 스며든다

봄비는 그렇게
소리 없이 다가와
내 안의 계절을 바꾸고
조용히 꽃을 준비한다

봄비 아래 피는 벚꽃

봄비야

봄비

봄비야

봄비야,

너는 어디서 와서

이렇게 조용히 마음을 적시니

메마른 골목 끝에서도

너를 맞으면

괜히 걸음을 늦추게 돼

톡, 톡—

창문을 두드리는 네 손길은

잊고 있던 이름을 부르는 것 같고

어제의 먼지와

봄비

오래된 걱정들까지
슬며시 씻어내리잖아

봄비야,
네가 다녀간 자리마다
작은 초록이 고개를 드는 걸 알아

그러니 조금만 더 내려줘
내 마음 깊은 곳까지
꽃이 필 수 있도록

봄비 아래 피는 벚꽃

처음

봄비 냄새를 처음 맡은 게 언제였는지 정확히 기억
나지 않는다.

다만 어린 시절의 어떤 오후였다는 건 안다. 아무 준
비 없이, 아무 기대 없이, 그냥 그 냄새가 왔다. 축축
하고 서늘하고 이상하게 달콤한, 이름 붙이기 전의 냄
새. 그 순간 무언가가 조용히 열리는 느낌이 있었다.
계절이 눈이 아니라 코끝에 존재한다는 걸, 그날 처음
으로 알았던 것 같다. 알았다기보다는, 몸이 먼저 알
아버렸다는 게 맞을 것이다.

그 이후로 매년 봄비가 오면 나는 그 느낌을 다시 찾
으러 갔다.

처음에는 그냥 맡으면 될 거라고 생각했다.

봄비가 오면 창을 열고, 공기를 깊이 들이마시고, 그러면 그 감각이 다시 올 거라고. 그런데 이상했다. 분명히 같은 냄새인데, 같은 느낌이 아니었다. 첫 번째 봄비보다 두 번째 봄비가 조금 덜했고, 두 번째보다 세 번째가 조금 더 덜했다. 냄새가 변한 게 아니었다. 나 자신이 이미 그것을 알고 있는 사람이 되어 있었다. 처음 맡는 사람의 몸으로는 다시 돌아갈 수 없었다.

그래서 더 집중하기 시작했다. 냄새를 더 깊이 끌어들이고, 그 안의 결을 나누어보려 했다. 흙냄새와 아스팔트 냄새와 꽃 냄새가 어떤 비율로 섞여 있는지, 빗방울이 땅에 닿는 순간과 공기 중에 떠 있는 순간의 냄새가 어떻게 다른지. 더 잘 알면 더 잘 느낄 수 있을 거라고 믿었다. 그런데 이해할수록 냄새는 부분들로 해체됐고, 해체된 것들은 처음의 그것과 자꾸만 멀어졌다. 가까이 가려고 다가설수록 뒤로 물러서는 것처럼, 처음의 감각은 점점 닿지 않는 자리로 가 있었다.

어느 해부터는 기록하기 시작했다.

봄비가 오면 그 냄새를 언어로 붙잡으려 했다. 노트에 적었고, 메모 앱에 적었고, 나중에는 제법 긴 글로 썼다. 잘 쓴 것 같을 때도 있었다. 스스로 읽어도 그 냄새가 느껴지는 것 같은 문장이 나왔을 때는 잠깐 기뻤다. 그런데 그 기쁨이 오는 순간, 정작 봄비 냄새 자체는 글 바깥 어딘가로 빠져나가 있었다. 언어가 감각을 담은 게 아니라, 언어가 감각을 밀어낸 자리에 들어선 것이었다. 봄비를 맡는 사람이 아니라, 봄비에 대한 문장을 읽는 사람이 되어가고 있었다.

스무 번을 다시 써도, 그 어린 오후의 냄새를 찾을 수는 없었다.

아마 그것은 처음이었기 때문에 그랬을 것이다.

처음에는 아무것도 없었다. 잘 느껴야겠다는 의지도, 기억해야겠다는 긴장도, 이것이 무엇인지 알아야 겠다는 욕심도. 그냥 거기 있었고, 냄새가 왔고, 그것이 전부였다. 비워진 그릇에 물이 바로 찼듯이, 아무 의도 없는 몸에 감각이 그대로 들어왔다. 그 단순함이 감각을 온전하게 했다. 아무것도 끼어들지 않아서, 냄새가 그냥 냄새로 도착했다.

두 번째부터는 이미 첫 번째가 있었다. 첫 번째와 비교하는 사람이 거기 서 있었다. 비교하는 순간, 감각은 순수함을 잃는다. 무언가를 향해 가는 감각이 되어버린다. 그리고 무언가를 향해 가는 감각은, 그냥 오는 감각을 이길 수 없다. 의도는 감각의 속도를 따라가지 못한다.

올봄에도 비가 왔다.

나는 창을 열었다. 공기가 들어왔다. 젖은 흙냄새, 아스팔트 위로 번지는 물 냄새, 아직 이름 모를 어딘가에서 흘러오는 꽃 냄새. 나는 이번에는 아무것도 하지 않으려 했다. 기억하려 하지 않았고, 적으려 하지 않았고, 첫 번째와 견주려 하지 않았다. 그냥 창틀에 기대어, 비 오는 소리를 들으면서, 아무 방향 없이 서 있었다.

그러자 잠깐, 아주 잠깐, 비슷한 것이 왔다.

어린 시절의 그것과 똑같지는 않았다. 같을 수 없다는 것을 이제는 안다. 하지만 그 잠깐은 분명히 있었다. 아무것도 끼어들지 않은 그 짧은 틈 사이로, 봄비가 그냥 봄비로 도착하는 순간이 있었다. 오래 잠들어 있다가 눈을 뜨는 것처럼, 의식이 비켜선 자리에 감각이 먼저 들어오는 것처럼.

다시 잡으려 하면 사라질 것이었다. 그래서 잡지 않았다. 손을 뻗지 않았다. 그냥 거기 있었다. 비가 계속 내렸고, 냄새가 계속 왔고, 나는 그것들이 오도록 두었다.

처음은 처음이기 때문에 처음이었다.

그것을 되찾으려는 모든 시도는, 어쩌면 처음을 잃어버렸다는 믿음 위에 서 있었는지도 모른다. 하지만 처음은 잃어버린 게 아니다. 처음은 원래 한 번이다. 한 번이기 때문에 처음인 것이다. 그것이 다시 오지 않는 건, 그것이 사라졌기 때문이 아니라, 그것이 충분히 완전했기 때문이다.

완전한 것은 반복되지 않는다. 반복될 필요가 없다.

봄비는 올해도 어김없이 왔다.
나는 창문을 조금 더 열어두었다.

그것으로 충분한지는 모르겠다. 하지만 그것이, 지
금 내가 할 수 있는 전부다.

내려오는 봄비

가만히 고개 들어본 하늘에는
양떼구름 약속한 듯 비를 채우고
내려오는 빗방울은 노래도 불러.
연둣빛 물감 번질 봄이 온다고,

주홍빛 햇살 아래 숨은 꽃잎도
적셔주는 봄비가 반가운지
작은 망울 터트려 눈인사하며
촉촉해진 땅 위로 봄도 피어나.

몇 차례 쉼도 없이 내린 단비가
땅 아래 톡톡톡 노크를 하면
겨울 내내 잠이 든 새싹이 트고
무지갯빛 사이로 미소를 짓지.

봄이 온다며 봄비 내리고,
봄을 그리고 봄을 바라며

가끔은 그래,
한낮의 햇살 비로 따뜻했던 봄날
내리쬐는 햇살이 마치 비 같고
따뜻한 온기로 가득 채워져
쏟아지는 봄비와도 춥지가 않아

긴 겨울 기다림이 봄이었나 봐.
바라보는 봄비가 단비가 된 건.

봄을 사랑하게 된 아이가

봄비가 내 등을 타고 내려가
바닥으로 추락했다

응어리진 빗물에는
조금 봄 내음이 섞여 있었다

봄이 온다는 걸 증명하는 봄비

새로운 사람을 만나고
사랑의 씨앗이 조금 드러내는
그런 봄이 온다는 거였다

하지만 나는 다른 누구도 아닌
그런 봄을 사랑하기로 했다

따스한 비

쌀쌀한 날씨와 함께 찾아온 봄비에
잠시 멈칫거렸던 순간.

웃으며 너는 나에게 기댔다.
봄비는 원래 따스한 비라고 말해줬던 너.

모두가 우산을 쓰고 있는 길거리에서
환하게 웃으며, 비를 그대로 맞고 있던 너.

"직접 맞아보면 차갑지 않다는 걸 알게 될 거야."

봄비에 젖은 손을 내밀며 말한 너에게 이끌려
그렇게 우리는 봄비를 맞으며 길을 걸었다.
그때, 이 사람이라면 이 봄비처럼
진심으로 사랑할 수 있겠다는 생각이 들었다.

모두가 우산으로 봄비를 피하기 바쁠 때,
우리는 온몸으로 봄비를 느꼈다.

처음엔 차가웠는데, 어느 순간 웃음이 났다.
너랑 나는 그렇게 손을 잡고 봄비와 함께 걸었다.

홀딱 젖은 서로의 모습을 보며 웃다가도
봄비로 채워진 따스한 마음이 서로를 끌어당겼다.

"쌀쌀한 봄비도 사실 알려주고 싶었을 거야. 곧, 따뜻
해질 거라고."

그날 이후, 봄비가 내리는 날에는 옅은 미소를 짓게
되었다.

봄비는 노랗게 올 것이다

흔들리는 길
봄이 오다가 넘어졌다
꽃잎에 대신 고이는
연분홍 물방울

꽃 눈물
뚝
뚝
떨어져라

거친 호흡
고요해질 때까지

허공을 걷돌던 잿빛 구름들
젖은 땅으로 내려앉고

안개비는 낮은 숨결로
찢어진 대지를
하얗게 소독한다

봄은
넘어진 자리에서
연두색 담요를 넓게 펼치니

그곳에
새로 돋는 구름송이들
노란빛으로 물들어 간다.

기별로 먼저 닿는 봄비

설에 못 간다는 딸의 전화에
흔들리는 목소리 꾸욱 누르며
기대를 놓지 않으려는
아흔셋 노모의
어눌한 목소리

"날 따뜻해지면
나물 뜯으러 오거라"

봄비가 내린다
고향의 낮은 뚝방에도
얼음 풀린 소리골에도
시나브로 내리겠지

노모의 선잠결
베갯머리를 맴도는
연두색 빗소리에

사락사락
미나리아재비가
고개 내밀고

후둑후둑
참나물이
자줏빛 줄기를 밀어 올린다.

점점
꿈의 문턱을 넘어가는 빗소리
나물 돋는 소리들

딸이 오는 발자국 소리들

봄비 내리고

노트북을 열고 키보드를 잠시 두드려
구박밖에 들을 것이 없는 글을 써서
아내에게 톡으로 던져 놓는다.

힘을 좀 빼고 써 보세요. 너무 경직되어 있어.
관념에서 벗어나서 실체의 구체성이 선명하게 잡히
게 써 보세요.
구구절절 설명이 길어요. 좀 덜어내시오.
감정을 더 빼면 좋겠네. 담백하게.

낯선 곳을 걷다 보면 맛있는 음식점을 찾아 먹겠다
는, 한 번도 맛없는 음식과는 만날 수 없다는 강한 결
의가 내 안에서 용오름 친다. 평점을 확인하고 후기를
보고. 그래 봐야 한 끼고, 음식 욕망이 강하지 않던 일
상과는 영 다른 강박이다.

보지 않고도 평을 할 수 있는 글을 쓰듯이, 이는 여행
에 대한 나의 상투적인 관심 안에 있다.

겨울을 걷어내고 내리는 비에선
목말랐던 시간이 뱉어낸 한숨에
마른 장작 냄새가 났고,
떨어진 흔적마다
딱정이 뜯겨 나간 자리 마냥
허물어지는 경계가 얼룩덜룩였다.

거울 속에서 미로를 찾는 숙취에 시달리던 시간처럼
새 살이 아직 돋지 못한 상처는
떨어지는 방울마다 따끔거렸지만,
가지가지마다
어린 것들은 조용한 방법을 몰라
자리 상관없이 손을 뻗고 제 살 드러내려 소란스레
지저귄다.
벙근 봉우리마다 물기 먹어 반짝이는 눈으로
호기심 가득 품고 빤히
아직 흘러가지 못한 것들을 쳐다본다.
.

115
봄비

..

...

내가 보는 것이 나를 본다.

비 온 뒷자리

하늘을 보고 꽃을 보고 너를 본다

바람 불어와 등에 지고 느긋하게 걸으면

온몸에 쏟아지는 눈길 따뜻한 봄.

봄, 비 그리고 속삭임

그 어느 순간
내 곁에 내려앉았는지

새초롬한 빗물이
분홍빛 꽃잎과 함께
숨을 흘리며 적셔오네요

내 시선 끝엔 이제 겨우
호흡을 시작한
생명이 짐을 풀었는데
어찌 그리도 매정할까

흘러오는 꽃잎같이
붉게 물든 나의 두 뺨은
투명한 이슬비에 녹아 내려가네요

당신도 그럴까요

선홍빛 단잠에 취해
비틀대다 넘어진 발목 끝엔
꽃잎이 번져있네요

그래요,
이런 게 이 계절의
감정이래요

봄비

봄비라는 그대는
천천히 내 마음에 스며들어
내 마음을 적십니다

어느새 나는
그대라는 비에 젖어
살며시 봄이 되어 갑니다

열리지 않는 집

대문 위에 걸린

녹슨 자물쇠가

먼저 젖는다

아무도 열지 않는 집에

비는

문 앞부터

고인다

기와 끝에서

물방울이 한 점씩 떨어져

빈 장독대 뚜껑을 두드린다

마루 끝에

벗어 놓은 고무신 한 켤레

발등 자리에만
어둡게 젖어 간다

뜰 가장자리에서
개망초 몇 포기가
몸을 낮추고
흙 쪽으로 더 가까이 붙는다

봄비는
꽃보다 낮은 것부터 적신다

처마 밑에 매달린
말라붙은 고추 줄이
빗물에 조금씩 무거워진다

지난여름이
다시 물을 먹는 것 같다

저녁이 되자
빗소리는 더 촘촘해지고
집 안은 여전히

불이 켜지지 않는다

비는
사람 대신
마당을 채운다

대문 앞에
흙탕물이 모여
작은 웅덩이가 생긴다

거기에는
기와와 하늘과
열리지 않는 문이
거꾸로 담겨 있다

나는 잠깐
그 앞에 서 있다가
우산을 접지 못한 채
돌아서 나온다

봄비 아래 피는 벚꽃

돌아오지 않는 것과

돌아올 수 없는 것은

빗속에서는

잘 구별되지 않는다

입춘

비가 살랑살랑 내린다.

얼어붙은 세상을 깨우려
물방울을 톡톡 떨어트린다.

바람은 모습을 감추고
꽃들은 숨을 쉬러 나온다.

오들오들 떨던 어제를 지나
오랜만에 젖어가는 하늘을 본다.

시작을 알리는 봄비가 내린다.

봄비처럼 지나간 사람에게

1. 겨울에 시작된 이야기

그 사람과의 시작은 특별한 것 없는 저녁에 놓여 있었다. 굳이 떠올리지 않으면 금방 사라질 것 같은, 그러나 이상하게 한 번쯤은 되짚게 되는 종류의 시간이었다.

술자리에서 누군가 가볍게 꺼낸 말 한마디가 계기가 되었다.

"괜찮은 사람 있는데, 한번 만나볼래?"

흘려듣고 지나갈 수도 있었지만, 예상보다 빠르게 일이 진행됐다. 주선자는 바로 전화를 걸었고, 나는 준비할 틈도 없이 그의 목소리를 듣게 되었다.

낮설지 않으면서도 쉽게 가까워지지 않는, 일정한

거리를 유지하는 말투였다. 통화를 길게 하지 않았는데도, 끊고 난 뒤에도 그 목소리가 묘하게 남았다.

그날은 그대로 지나갔다. 특별한 감정이 남았다고 말하기에는 애매했고, 아무 일도 아니었다고 하기에는 미세한 여운이 있었다.

다음 날, 메시지가 도착했다.
"어제 잠깐 통화했던 경민입니다."

짧고 정리된 문장이었다. 불필요한 설명이 없어서인지, 오히려 몇 번 더 읽게 됐다.

나는 간단히 답을 보냈고, 몇 번의 메시지가 오간 뒤 자연스럽게 주말에 만나기로 했다.

처음 마주 앉았을 때, 예상했던 어색함은 오래 가지 않았다. 어떤 주제를 꺼내야 할지 고민할 필요도 없었고, 대화는 끊이지 않고 이어졌다.

그날 우리는 생각보다 오래 앉아 있었다. 중간에 맥주를 한 번 더 시켰고, 밤이 어두워진 뒤에야 자리에서 일어났다.

계산을 마친 뒤, 가게 앞에서 잠시 서 있었을 때 그

봄비 아래 피는 벚꽃

가 말했다.

"늦게까지 붙잡는 건 아닌 것 같아서요."
배려처럼 들렸지만, 그 안에는 선을 넘지 않으려는
태도가 함께 담겨 있었다.

집에 돌아온 뒤, 나는 짧은 메시지를 보냈다. 잘 들
어갔냐는 말과, 오늘 즐거웠다는 문장.
그는 곧바로 답했다. 그리고 잠시 뒤, 한 줄이 더 이
어졌다.
"다음에 또 만날 수 있을까요?"
그 문장을 읽고 나서야 이 만남이 한 번으로 끝나지
는 않겠다는 예감이 들었다.

2. 너무 자연스럽게 깊어졌던 시간

두 번째 만남은 겨울의 불빛 아래에서 이어졌다. 사
람들로 붐비는 거리였지만, 우리는 그 흐름에서 조금
떨어진 속도로 걸었다.
길을 걷다가 자연스럽게 식당에 들어갔고, 밥을 먹
고 나와서는 다시 걸었다.

대화는 특별하지 않았지만 끊기지 않았다. 서로의 일상에 관해 이야기했고, 가볍게 웃고, 가끔은 조용해 졌다가 다시 이어졌다.

그날 이후로 만남은 빠르게 이어졌다.

아침이면 짧은 안부가 도착했고, 하루가 끝날 무렵 에는 그날 있었던 일들이 몇 문장으로 정리되어 건너 왔다.

어느 날은 그가 내 집에 들렀다. 고장 나 있던 전등 을 아무렇지 않게 고쳐주었고, 우리는 늦은 시간까지 같이 밥을 먹고 이야기를 나눴다.

그날 이후로 그는 종종 머물다 가곤 했다.

함께 있는 시간이 길어질수록, 그 관계는 자연스럽 게 일상 속으로 스며들었다.

그래서 별다른 이름을 붙이지 않았다. 정의하지 않 아도 충분하다고 느꼈다.

변화는 그 이후에 시작됐다.

어느 날부터인가 대화가 길게 이어지지 않았다.

메시지는 도착했지만, 몇 마디를 주고받으면 흐름이 끊겼다.

봄비 아래 피는 벚꽃

이전처럼 자연스럽게 이어지지 않는 순간이 늘어났다.

나는 그 이유를 정확히 짚어내지 못했고, 그 역시 먼저 설명하려 하지 않았다.

대신 우리는 아무 일도 없는 것처럼 대화를 이어갔다.

겉으로는 달라진 것이 없어 보였지만, 그 안에서 유지되던 감각은 조금씩 달라지고 있었다.

나는 그 변화를 알아차리고도, 그대로 두는 쪽을 선택했다.

이 정도의 어긋남은 시간이 지나면 다시 맞춰질 거라고 생각했다.

3. 단 하나의 문장이 아니라, 쌓여 있던 것

글램핑을 가기로 했던 전날이었다.

그는 출장을 갔고, 나는 하루 종일 연락을 기다렸다.

일이 바쁠 거라는 걸 알고 있었지만, 하루가 거의 지나도록 아무 연락이 없다는 사실은 쉽게 넘겨지지 않았다.

저녁이 되어서야 메시지를 보냈다.

“바빠? 피곤해? 연락 하나 없어?”

보내고 나서 한참 동안 화면을 바라봤다. 문장을 지웠다가 다시 쓸까 고민했지만, 그대로 두었다.

한 시간쯤 뒤에 전화가 걸려왔다.

그는 평소보다 짧은 호흡으로 말했다.

“그 말이 나를 숨 막히게 해.”

순간 대답이 나오지 않았다.

그는 이어서 말했다. 지금의 이 상황 때문이라기보다는, 그동안 쌓여 있던 것들이 한 번에 올라온 것 같다고.

나는 그 말을 듣고 나서야 지금까지의 시간을 다시 떠올리게 됐다.

내가 자연스럽다고 생각했던 순간들이 그에게는 다르게 쌓이고 있었을 수도 있다는 생각.

같은 대화를 나누고 같은 시간을 보내면서도 서로 다른 방향으로 이해하고 있었다는 사실이 그제야 선명해졌다.

봄비 아래 피는 벚꽃

그날 통화는 길지 않았다.

하지만 더 이어갈 수 있는 종류의 대화도 아니었다.

4. 함께 오기로 했던 곳에, 혼자 도착한 날

결국 글램핑은 취소되었다.

며칠 전까지 당연하게 존재하던 약속이 아무 일도 없었다는 듯 사라졌다.

다음 날, 나는 혼자 그곳으로 향했다.

이미 예약이 되어 있었고, 그대로 두면 오히려 더 오래 붙잡게 될 것 같았다.

도착했을 때, 풍경은 그대로였다.

맑은 공기와 정리된 공간, 따뜻한 조명 아래에서 웃고 있는 사람들.

그 안에 앉아 있었지만, 나는 그 장면과 분리된 상태였다.

그때 알게 됐다.

이별은 특정한 말이나 사건으로 시작되지 않는다.

함께 있어야 할 자리에 혼자 도착해 있는 순간,

이미 대부분은 끝나 있었다.

그날 밤, 마지막으로 메시지를 보냈다.

조금 더 부드럽게 말하지 못했던 것에 대해 사과했다.

그는 짧게 답했다.

우리는 서로 다른 방식으로 생각하고 있었던 것 같다고.

나는 그 문장을 여러 번 읽었다.

더 이어질 말은 없었다.

5. 봄비가 내리던 날, 끝내 남은 말들

시간이 지나도 사라지지 않는 문장이 있다.

"연락 하나 없어?"

나는 그 말을 몇 번이나 다시 떠올렸다. 조금 더 늦게 보냈다면 어땠을지, 다른 방식으로 표현했다면 달라졌을지.

하지만 결국 남는 건 하나였다.

그때의 나는, 그렇게 말할 수밖에 없었다는 사실.

좋아서였고, 그 관계를 계속 이어가고 싶었기 때문
이다.

지금은 안다.
우리는 같은 시간을 보내고 있었지만, 그 시간을 받
아들이는 방식은 같지 않았다.
한 사람은 가까워지는 쪽으로 움직였고, 다른 한 사
람은 거리를 유지하려 했다.
그 차이는 끝까지 줄어들지 않았다.

어느 날, 봄비가 내렸다.
계절이 완전히 바뀌기 전, 잠시 머무는 듯 지나가는
비였다.
그 빗소리를 듣다가 문득 알게 됐다.
더 이상 붙잡을 필요가 없다는 걸.
그래서 그대로 두기로 했다.
설명하지도 않고, 억지로 지우려 하지도 않고.
그 시간 자체를 하나의 계절처럼 받아들이기로 했다.

다만 한 가지는 남겨둔다.
나는 그때 충분히 사랑하고 있었다는 사실.

봄비는 모든 것을 지우지 않는다. 대신 남아 있는 감정을 천천히 흘려보낸다.

그래서 언젠가는, 덜 아픈 기억으로 남게 만든다.

그 흐름을 따라가 보려 한다.

그리고 언젠가 다시 누군가를 만나게 된다면,

이번에는 조금 더 이해하고, 조금 덜 서두르는 방식으로

그렇게 사랑하고 싶다.

봄비가 내리면,

나는 다시 시작할 것이다.

처음처럼이 아니라, 한 번 끝까지 사랑해 본 사람으로서.

봄비

따스한 빛으로 저를 감싸주던 당신은
봄이 되세요
자라나는 새싹들을 따스히 감싸
올바르게 자라도록 도와주세요

당신께 은혜 입은 저는
봄비가 될게요
자라나는 새싹들을 위해
기꺼이 저를 바쳐 당신을 도울게요.

봄비 지난 뜰

밤사이
봄비 지나간 뜰

젖은 가지 끝에
물방울 하나가
가볍게 매달려 있다

흙 위에는
비에 눕혀진 꽃잎 몇 장
조용히 몸을 접고

비는 이미
먼 길을 떠났고

떠난 것들은
다 사라진 줄 알았는데

가지 끝의 한 방울이
끝내 떨어지지 못한 채

봄 한때를
붙들고 있다

봄비에 젖은 꽃잎 한 장

아무도 모르게

봄을
떨어뜨린다

떨어질 듯 말 듯

밤새
내린 봄비에

벚꽃은
젖은 꽃잎으로
가지 끝에 머문다

만개한 꽃
바람에 흩날리던 꽃잎

비에 젖어
가지 끝마다

꽃잎 하나
떨어질 듯 말 듯

물방울 하나
떨어질 듯 말 듯

아직
봄비 속에서
조용히 흔들린다

비를 닮은 기다림

화분 속 작은 계절이
스스로를 다 펼치지 못한 채
빛을 오래 바라보던 너

연분홍의 결은
아직 이름 붙지 못한 감정처럼
겹겹이 접혀 있고
햇살은 다정했지만
끝내 닿지 못한 곳이 있었다

그때
늦게 온 봄비가
아무 말 없이 머물렀다

꽃잎 위에 고이는 동안

마음의 가장 안쪽까지

조용히 번져 들어와

펴지지 않던 것들이

스스로 풀리듯 열렸다

알고 있었던 것처럼

조금 더 깊은 빛으로

자신을 내어준다.

피어나는 일은

빛만으로는 부족하다는 것을...

봄비의 속삭임

내리는 빗방울을 바라보며

쉽사리 잠들지 못하는 까닭은

그저 내리는 빗속으로

고요히 스며들고 싶은 마음 때문이다.

그리고 그 빗속엔

봄의 숨결이 실려와

메마른 마음 한편에

조용히 새싹을 틔운다.

차갑던 기억 위로

따뜻한 물결처럼 번지는

봄비의 속삭임은

괜찮다고, 이제는

조금은 웃어도 된다고 말해준다.

그래서 나는 오늘도
빗속에 잠긴 하늘을 올려다보며
흐려진 마음을 씻어내고
다시, 천천히
봄을 살아가려 한다.

항아리 봄

잔잔한 물 위로

빗방울이 굴곡을 만든다

수면이 참았던 들숨을 내쉬면

봄이 흘러넘치기 시작한다

둥근 가장자리를 타고

뜨거운 손바닥이

쓸어내리며 기별한다

그러고 보니 슬퍼할 일

딱히 아팠던 일

없는 줄 알았는데

왜 난 뚜껑을 열어볼 용기가 없었을까

일기에 적어 내린 그리움
마르지 않은 아쉬움
그 안에 꽉 찬 것들을
이제야 열어 보인다

박자감 없어도 경쾌한 노크
태양을 품고 온 봄비가
날 가두다가
살며시 놓아둔다

동그라미 속은 민무늬 하늘
그 안에 파란 내가 비친다
지워질 걱정 없는
반가운 일이 생겼다

응시

희미하게 남아 있는

시린 기억 속의 따스함을 찾아

비와 함께 걸어가다 보니

간간히 느껴지는 봄바람 때문인지

비가 내리고 있어도

마치 그곳을 찾을 수 있을듯한

그런 느낌이 들어서

보이지 않던 어딘가를

보이는 곳인 것처럼

응시하면서 그냥

걸었던 것인지 모른다.

쓰라린 비

추억으로 새겨진 비석을 꺼내어
소중히 품어
툭-

아름다운 선율에 몸을 맡기고
갈라진 틈조차 소중히 감싸며
투둑-

몸을 훑고 간
비릿한 빗방울들에
기억을 담는다
투두둑-

잔잔한 감정 위
툭

하고 떨어진 비

파문은 넘실거리며
지평선을 향해 나아가네
살아있는 것처럼

묻고 또 묻는다

스산한 봄에 본 바다를 기억한다

아직은 떨어갈 때,

너는 내게 바다를 이렇게 본 적이 있냐 묻고

파도가 스쳐 지나갈 때

이제는 다른 이가 있는 내 옆자리를 묻고 또 묻는다

나는 대답한다

바다를 보면 뛰어 들어갈 생각만 했지,

멍하니 보고 있을 생각은 안 한 것 같아.

봄비라는 말로 치장한 물들이 머리 위로 쏟아지고

차가운 물길이 이제는 발에 닿지 않을 때

그 봄비들이 모래 아래로 묻힐 때

나는 그 속을 파내어 다시 들어가고만 싶다

봄비 아래 피는 벚꽃

우산을 펴지 않은 날

봄비는 늘
조용히 다녀간다

오는 줄도 몰랐다가
창에 번진 물기를 보고서야
늦게 알아차리던 날들처럼

우산을 챙기지 못한 오후
나는 한동안
그대로 서 있었다

피할 수 있었는데도
이상하게
조금 더 맞고 싶어지는 날이 있다

젖어가는 어깨와

가벼워지는 마음 사이에서

설명하기 어려운 변화가

천천히 번진다

비는 많은 것을 바꾸지 않지만

아주 사소한 것들을

다르게 보이게 한다

비에 젖은 나무들이

조금 더 선명해지는 것처럼

나도 어쩌면

이 계절을 지나며

조금은 달라지고 있는 중일 것이다

봄은 늘

이렇게 말없이 다가와

우리를 조금씩 적셔 놓고 간다

봄비 아래 피는 벚꽃

그리고 그날 이후,

나는 더 이상
비를 피하는 사람이 아니라,
젖어도 괜찮은 쪽을
선택하게 되었다

봄비가 잠깐 들른 오후

비가 온다기보다
잠깐 들렀다 가는 느낌이었다

우산을 펼치기엔 짧고
그냥 맞기엔
딱 좋은 타이밍

뛰기엔 애매하고
멈추기엔 아쉬워서

나는 그냥
느리게 걷기로 한다

툭,
어깨에 떨어진 빗방울 하나가

봄비 아래 피는 벚꽃

오늘의 속도를 정해버린다

이 정도 비라면
괜히 기분이 좋아져도
이상하지 않겠다고 생각하면서

나는 일부러
물기 남은 길을 골라 걷는다

첨벙, 하고 밟은 자리마다
사소한 장난처럼
하루가 가벼워진다

비는 금방 지나가고
아무 일도 없던 것처럼
햇빛이 다시 내려앉지만

이상하게도 오늘은
조금 덜 서두르고
조금 더 웃게 된다

봄비는 이런 식이다
잠깐 들렀다 가면서
내 하루에 기분 좋은 물기를 남긴다

1. 황지애

봄비의 영혼

불투명하게 반짝이는

한 방울 한 방울이

어찌 그리도

쉽게 떨어질까요?

내리는 자도

그것을 피하는 자도

받아들이는 자의

핑크빛 떠돎을

알지 못하네요.

봄비에 내림과 동시에

시작을

흘려 보냅니다.

가질 수 없는
영혼의 흐름을
내려 보냅니다.

누군가의 생명으로
나의 잠김으로
봄을 시작하니

시작인지 끝인지
알 수 없는

계절의 눈물을
봄비라 지칭합니다.

봄비 아래 피는 벚꽃

봄비

아스라이 사라질 저 언덕 너머
아침을 깨우는 소리가 땅을 울린다.

타닥타닥 처마 끝에 떨어지는 한 방울이
늦은 봄을 데리고 젖어든다.

고여 있는 물의 표면에
작은 세상이 담겨 숨을 쉬고,
여전히 겨울 속에 숨어 나오지 않는 마음은
좀처럼 깨어날 생각을 하지 않은 채
웅크린 몸으로 빗방울을 밀어낸다.

바라고 또 바랐던 그 봄이었는데
멀기만 한 그곳에는 내가 없고,

찬 바람이 감도는 텅 빈 자리에 서서
우산조차 없이 비를 쓸어낸다.

돌아가야 할 계절은 지나갔는데
마음만 그 자리에

여전히 난
그곳에 멈춰있다.

1. 안세진

어김없이 봄은 온다
이 빗속에 한 해를 시작한다

밤새 내리던 비가

새벽의 가장자리에서

조용히 숨을 고르고 있을 때

나는 창가에 서서

또 한 번의 시작을 생각한다

어제와 다르지 않은 거리 위에

어제와 다르지 않은 사람들 사이로

어제와는 다른 마음 하나가

조심스럽게 우산을 펼친다

어김없이 봄은 온다

약속이라도 한 듯

아무리 늦어도

결국은 돌아오는 계절처럼

멈춰 서 있던 나의 시간도

조용히 앞으로 걸어가기 시작한다

차가운 빗방울이

아직은 겨울의 언어로

어깨 위에 떨어지지만

그 속에는 분명

따뜻한 문장이 하나씩 섞여 있다

괜찮다

이 정도의 떨림이라면

시작이라 불러도 좋다

길가의 나무들은

아직 아무 말도 하지 않지만

나는 안다

그 침묵이

포기가 아니라 준비라는 것을

젖은 흙 냄새 사이로

봄비 아래 피는 벚꽃

조금씩 올라오는 초록의 숨결은

누군가의 기다림이었고

누군가의 용기였으며

지금의 나에게는

다시 살아보라는 신호였다

어김없이 봄은 온다

넘어졌던 자리에도

주저앉았던 자리에도

끝이라 믿었던 자리에도

봄은

늘 같은 속도로

다시 찾아온다

그래서 나는

오늘도 천천히 걸어본다

빗속이라서 더 좋다

서두르지 않아도 되고

봄비

조금 느려도 괜찮고

눈물인지 빗물인지

굳이 구분하지 않아도 되니까

누군가는 이미 앞서가고

누군가는 아직 머물러 있어도

나의 속도로

나의 계절을 시작하면 된다

우산 끝에서 떨어지는 물방울 하나가

작은 원을 그리고

다시 사라지는 모습을 보며

나는 생각한다

시작이란

거창한 선언이 아니라

이렇게 조용히

다시 걷는 것이라고

어김없이 봄은 온다

봄비 아래 피는 벚꽃

그래서 나는
이 비 속에서
한 해를 시작한다

젖어도 괜찮다
흔들려도 괜찮다
조금 늦어도 괜찮다

다시 시작하는 사람에게
계절은 언제나
가장 먼저 손을 내민다

봄비와 함께귀 연골 피어싱을

그 해 5월은 시작부터 요란한 봄비가 내렸다. 신랑은 새벽부터 분주히 움직이며 무거운 트렁크 가방을 들고 나가면서 노동절에 출장을 간다고 투덜거렸다. 신랑과 아이가 나가자 집은 순식간에 고요해지며 비소리가 더 크게 들린다.

"봄비 치고는 제법 많이 오네. 여름에 내리는 장대비 같아."

회사에서 힘든 일만 시킨다며 투덜거리면서 나간 신랑이지만 전업주부인 나는 그런 투덜거림도 어쩔 때는 부러울 때가 있다. 특히 해외출장을 가는 날에는. 5월의 첫날, 이 비와 함께 나도 어디론가 문득 떠나고 싶다. 나의 시간은 정해져 있다. 아이가 집에 돌아오기 전까지는 들어가야 한다. 이럴때 나는 마치 신데렐라가 된 것 같다. 4시까지는 집에 들어와야 하는데 어디를 가면 좋을까?

촉촉하고 거센 봄비가 나를 왠지 바깥으로 끌어내는 것 같다.

그래, 이런 날은 버스 타고 서울 나들이야~

어떤 날은 버스를 타는 것이 여행처럼 느껴 질 때가 있다. 집에서 나가는 것도 '여행' 이라면 오늘이 여행을 하는 날이야!

츄리닝 바지도 몇 개 사고 싶어 며칠 동안 인터넷 쇼핑을 하던 차였다.

'그래, 오늘은 서울 동대문으로 여행이다! 겸사겸사 쇼핑도 해야지.'

하염없이 쏟아지는 비와 함께 서울로 가는 버스를 탄다. 창밖으로 지나가는 산을 보니 가득하고 가득한 연두의 나무들, 그 빛들이 비에 젖어 더욱 선명하다.

산에서 보는 나무보다 몇 배는 큰 도시의 빌딩 한가운데에 내려 동대문 쇼핑 센터를 두리번 거린다. 잔뜩 비에 젖은 도시의 거리는 한적하다. 김현철의 '서울도 비가 오면 괜찮은 도시' 란 가요를 살짝 흥얼거린다.

'좋아, 사람도 없고, 이젠 본격적인 세미 나팔 스타일의, 츄리닝 바지 찾기 대모험이야. 시작해 볼까?'

몇 군데를 둘러본다. 한 군데, 두 군데, 벌써 다섯 군데 매장을 둘러보았는데, 꼭꼭 숨었나? 요즘 스타일이 아닌지 원하는 츄리닝이 없다. 그래도 큰맘 먹고 왔는데 뭐라도 사고 싶다.

생기 가득한 눈으로 옷들을 바라보는데, 숏 재킷들이 눈에 들어온다. 눈부신 흰색 숏 재킷과 같은 스타일의 진한 분홍색도 눈에 들어온다.

'살까 말까 두 개 다 사면 너무 낭비일까?'

망설이는 나에게 사장님이 미소 지으면서 말씀하신다.

"날씬해서 너무 잘 어울려요. 대학생 같아요."

그날 입고 갔던 옷들은 2008년쯤에 만난 오래된 친구. 자켓은 결혼하기 전에 사서 20년도 더 된 지기. 다행인지 불행인지 그때와 지금의 몸무게는 거의 비슷해서 오래된 옷들을 아직도 입는다. 어떤 옷들은 버리고 후회하는 경우도 있는데 그날 입었던 옷들은 살아남았다. 결국 예쁜 숏 재킷 두 개를 질렀다. 요즘 유행하는 스타일의 옷을 저렴하게 샀다고 생각하니 얼굴에 가득 웃음꽃이 핀다. 한껏 들뜬 기분으로 여기 저기 다른 매장들도 구경하면서, 이것도 사고, 저것도 사고. 양손은 한가득이다.

'너무 많이 샀나? 옷을 좋아하기도 하고 또 오랜만에 간 동대문인데 이 정도는 괜찮겠지? 요즘 유행하는 배까지 올라오는 청바지 한 개, 거기에 어울릴 듯

한 짧은 티 3개. 봄이잖아, 저렴하니까 괜찮아. 이제 집으로 가자!'

1층으로 내려가는 데 바깥 세상은 아직도 비가 추적추적 내리고 있다.

그런데! 출구 바로 옆에,

"귀 뚫어 드립니다."라는 문구에 순간, 얼음이 된다.

'피어싱! 아 맞다. 나 피어싱 하고 싶었어!'

2024년 가을, 귀 연골 피어싱을 한 대학생들과 함께 주말 아르바이트를 했다. 귀 연골 피어싱 한 사람을 가까이서 본 것은 그때가 처음이었다.

'부럽다, 예쁘다! 나도 할 수 있을까?'

그때부터 사람들의 귀만 보기 시작했다. 그 당시 평생 교육원에서 원예 심리 과목을 수강하고 있었고, 혹시 피어싱을 하신 분이 계실지 궁금해서 학우들을 자세히 관찰하다가 유럽 여행을 자주 다니시고 멋쟁이신 60대 학우의 귀에서 피어싱을 발견했다. '등잔 밑이 어둡다더니!'

"어머나! 선생님! 피어싱은 언제 하신 거예요?"

"응, 40대 후반에 딸이랑 쇼핑하다가 우연히 하게 되었어. 샘도 한번 뚫어봐, 예쁠 거야."

'와! 부러운데, 하고 싶어.'

생각만 하고 시간이 흘렀다.

"정말 피어싱 뚫어 주세요?"

"네."

마침, 반짝이는 큐빅 피어싱이 보였다.

"이걸로 제일 안 아픈 곳에 해 주세요."

순식간에 오른쪽 귀 연골에 피어싱을 했다. 봄비와 함께 추억이 하나 더 생겼다. 피어싱을 볼 때마다 그 날을 떠올리며 미소 짓는다. 그때의 나와 지금의 나는 다를까? 같을까?

봄비 아래 피는 벚꽃

봄비에 푹 젖은 핸드폰

25년차 산과 연애 중인 나는 비오는 산 냄새를 좋아한다. 맨발 산행을 하기에 비가 오는 날은 더욱 촉촉한 산길을 만날 수 있다. 그 해 봄은 유독 비가 많이 왔다. 5월인데도 갑자기 내리는 소나기 같은 봄비를 산에서 만났던 날을 기억한다. 5월이면 새벽 시간이 눈에 띄게 밝아지는데 그날은 5시가 넘었는데도 어둡다. 잔뜩 찌푸린 하늘이다. 조금씩 비는 오고 있을 듯도 하다. 비옷도 챙기고 우산도 챙긴다. 아 오늘도 촉촉한 산길이겠군. 미소가 가득 번진다. 핸드폰을 보통은 챙기지 않는데, 그날은 이상하게 핸드폰을 가방에 넣었다.

새벽부터 가벼운 비가 내린다. 봄비에 젖은 산에서 풀 향기에 꽃향기가 바람을 타고 내 안에 들어온다. 코로 한껏 숨을 크게 쉬면서 내 몸 속 가득히 그네들을 채운다. 여기가 천국이지. 내가 다니는 산은 초입부터 등산로가 좁기에 나무들을 더 가까이 만날 수 있다는 장점이 있다. 산으로 깊이 들어갈수록 비는 점점 세게 내린다. 이럴 줄 알고 두꺼운 비옷도 챙겨왔지. 비야 마음껏 내리렴. 그런데 갑자기 천둥 번개까지 친다. 헉 봄비가 굉장히 요란스럽네. 마치 장마 기간에 내리는 스콜을 연상시키는 소리도 요란한 강력한 봄비다. 깊은 산에서 만나는 세찬 소나기 같던 봄비에 무서우면서도 묘한 매력을 느꼈다. 언제 이런 비를 또 만나겠어? 라는 생각으로 우렁찬 빗소리와 나무와, 흙과 여름 꽃의 꽃, 이름을 알 수 없는 다양한 여름 꽃의 향을 가득 담은 비 냄새에 취한다. 핸드폰 가져왔지? 가방에서 핸드폰을 꺼내 빗소리도 녹음한다. 그 당시에는 핸드폰이 비에 젖으면 망가진다는 것을 까맣게 잊고 있었다. 동영상도 찍고 이럴 줄 비처럼, 이럴 줄 흥얼거리고 비에 젖은 촉촉한 아까시 꽃도 따서 가방에 넣었다. 아까시꽃으로 전을 해 부치면 기름 냄새와 함께 진하고도 달콤한 향에 황홀하다.

　집으로 돌아와서 가방에 넣어두었던 핸드폰을 꺼냈다. 이상하게 핸드폰 화면이 꺼져있다. 비닐봉지에 핸드폰을 넣어두긴 했는데 잔뜩 물에 젖은 아까시 꽃과

봄비 아래 피는 벚꽃

함께 핸드폰도 젖어있었다. 전원이 켜지지 않고 녹색 줄이 생기면서 뚜뚜 뚜 소리가 나기 시작한다. 오전에 일정이 있고, 약속 장소는 알지만 정확한 주소는 폰에 입력되어 있는 상황에 당황스럽다. 핸드폰 수리를 지금 하러 가면 오전 일정을 취소해야 하는데 연락할 방법도 없다. 그래, 우선 약속한 곳의 건물은 알고 있으니 무작정 그 건물의 주차장 입구에서 기다리기로 했다.

　집을 나서는데 그렇게 새벽에 만난 거센 소나기 같았던 봄비는 거짓말처럼 멈추었다. 그런데 같이 만나기로 한 지인한테 연락할 방법이 없어 당황스러웠다. 이럴 줄 알았다면 연락처를 따로 적어놓을걸. 후회를 해도 어떤 소용이 없다. 지금 할 수 있는 것은 우선 약속 장소로 가서 기다리는 것이다. 동네가 온통 아까시 꽃 향기로 가득하다. 새벽에 온 비로 그 향이 더 진하게 풍긴다. 탄천을 걸으면서 또 그 향에 취한다. 만나기로 한 지인도 걸어올까? 걸어간다면 만날 텐데 보이지 않는다. 약속한 장소까지는 경전철을 타고 20분 정도는 걸어가야 했다. 탄천을 따라 걸어가는 길에 5월의 가득한 향도 맡으면서.

비오는 날 핸드폰은 산에 가져 가면 안되는구나. 가방이 다 젖었다. 아 맞다! 아카시 꽃 따다가 그 아까시 꽃이 물에 젖었는데 그 물이 핸드폰에 들어간 것이다.

몇 년 전부터 아까시 꽃을 따서 전을 부쳐먹는 것에 맛이 들였다. 그날도 아까시 전을 만들어서 같이 수업하는 샘들과 함께 나누어 먹을 생각이였다. 그래서 배낭도 가져간 것이였다. 아까시 꽃은 잔뜩 따왔지만 핸드폰이 젖어 아까시 전을 할 여유도 없었다. 5월 중순부터 아까시 꽃이 피기 시작해서 그 비오는 날 얼마나 향기 가득했을까? 비 냄새, 초록잎 냄새, 피어나는 꽃의 향기들. 일본 목련과 쥐똥나무 꽃의 향기, 아까시 꽃 향기, 또 뭐가 있을까? 그런 향들에 잔뜩 취한 선녀 놀이를 하면서 아까시 꽃도 따고. 사람들과 아까시 전을 나누어 먹을 생각에 설레이고 기뻤으리라. 그런데, 그 사이 핸드폰은 죽어가고 있었다.

어찌 됐건 나는 약속한 장소에 가기로 했다. 정확한 수업 장소는 모르지만 다행히 건물은 알고 있었다. 몇 번 스터디를 했었기에 주차장 앞에서 기다리기로 했다. 아, 나는 핸드폰이 시계이기에 시계도 없었다. 핸드폰에서는 계속 뚜뚜뚜 소리가 났고 경전철을 타고

봄비 아래 피는 벚꽃

가는 데도 소리가 나서 조금 민망했다. 비는 멈추고 안개 가득한 날은 신비로왔다. 탄천을 걸어가면서 혹시 만나기로 했던 샘을 보려나? 주변을 두리번 거렸다. 함께 가기로 한 선생님은 차를 가져갈 경우도 있었고, 역에서 걸어가는 날도 있었기에. 그런데 샘은 보이지 않았고, 가벼운 마음으로 주차장 앞에 도착했다. 어떤 샘이 먼저 오실까? 몇 번 수업을 했었기에 기억이 날까? 그런데 도무지 몇층인지도 기억이 안난다. 10시가 좀 넘어서 다행히 다른 선생님을 발견할 수 있었다. 차를 운전하시면서 나를 본 것이다. 나는 너무나도 반갑게 선생님을 불렀다.

"선생님, 지금 오시는 거예요? 스터디 장소가 어디였죠?"

선생님은 피곤하신 듯했고, 주차를 하시고 나는 급히 차가 멈추는 곳으로 걸어갔다.

"저 핸드폰이 고장나서요. 다른 샘들 어디쯤 오세요?"

"지금 샘 찾는다고 난리났어. 실종 신고 한다고!"

"네?"

사연인 즉슨. 같이 만나기로 한 선생님이 나에게 톡을 보냈는데 답도 없고 읽지도 않고. 내가 산에 매일 간다는 것은 알고 있었는데 산에서 조난을 당했을 거라 예상한 것이다. 그래서 실종신고를 하네 마네, 내가 다니는 산으로 다른 지인과 함께 가보자고 하는 상황에 내가 나타나서 일단은 마무리 되고 스터디 장소로 온 것이다. 그날 새벽에 비가 꽤 왔었고 연락이 안되니 조난을 당했을 것이라는 그 선생님의 판단에 그럴 수도 있겠구나. 사람마다 모두 생각이 다르니. 기진맥진해서 샘이 스터디에 참여하고 무사히 스터디가 끝났다. 나는 그 선생님에게 미안하기도 하고 어처구니가 없기도 하고. 평소에 연락이 잘 되던 사람이 연락이 안되면 그렇게 될 수도 있구나. 이 사건으로 내가 깨달은 것은 비오는 날에는 휴대폰을 산에 가져가는 것은 위험하다 였다. 보통의 사람들은, 일반 사람들은 산에 휴대폰을 가져가는 것이 안전할 것이라고 하지만 그 반대의 경우도 있는 것이다. 새벽에 산에 갈때는 보통 휴대폰이 없는 것이 편하다. 나만 보기 아까운 풍경이 있어 사진으로 찍는 경우도 있지만, 언제나 사진으로 찍으면 실제의 그 모습과는 많이 다르다. 내가 산에 매일 가는 이유가 어쩌면 눈으로 매일 그 모습을 찍고 싶어서겠지. 눈으로 매일 산의 풍경을 찍는다. 그런데, 그래도 가끔 인간들과 연결되고 싶어서 핸드폰으로 산의 풍경을 찍어 단톡방에도 가

봄비 아래 피는 벚꽃

끔 올리고 글을 쓸때 활용하기도 한다. 요즘은 워낙 보여지는 시대니까. 아무튼 스터디는 잘 끝나고 핸드폰 서비스 센터에 가서 핸드폰을 보여주니 건조기에 돌려본다고 한다. 건조기에 돌려서 말리니 우선 전원은 켜졌다. 서비스센터 직원말로는 밧데리가 나가서 결국 조만간 망가질 거라고 했지만 10개월이 지났지만 여지껏 잘 사용하고 있다. 봄비를 잔뜩 맞은 핸드폰 이야기를 여기에 저장했다.

벚꽃의 생명수

스쳐가는 인연들이
슬픔의 감정과 함께
사무치게 그리워져
그제서야 맡아보는
봄꽃의 향기로움은,

빗물에 젖어
무럭무럭 피어나는
꽃의 생명력을,

웅덩이에 젖어
여전히 찝찝한
나의 식은 공기가

회상의 잔향으로
온 계절에 담긴다

봄비 아래 피는 벚꽃

눈보라 같던 봄비의 결말

봄비 내리던 날

버스 정류장에서 너희 집 앞까지 뛰어가면서

난 한 가지 소망을 간절히 빌었어.

내가 너무 늦지 않았기를,

너를 볼 수 있기를,

한 번 더 안을 수 있기를,

한겨울의 눈보라처럼

차갑고, 휘몰아치면서

네게 가는 길을 방해하던 봄비가

어느새 그쳤고

넌 다행히 내가 닿을 수 있는 곳에,

안나의 기차역처럼

너에게 닿을 수 있어서,

브론스키처럼 너를 잡을 수 있어서,

눈보라 같던 비도
따스한 봄비가 되었어.

두드림

고여있는 빗물마다 담긴 하늘은 먹구름이건만
내려앉은 하늘을
징검다리 삼아 건너뛰던
그 천진한 보폭을 다시금 들이밀지 마시오

잦아드는 계절을
나 홀로 받쳐 들고 있다는 듯
흙 내음을 품고서
매번 발치 앞을 서성이네

밀어내는 법만 남은 나의 수평을 두드리다
잘게 부서지는 그 몸짓이
어째 안쓰러워

그 수고로운 다정함에 내어 줄 것이라곤
해묵은 건조함뿐 이것만

어쩌면 그것이
봄비가 바라던 전부였나

봄비 속의 망각

봄이 가까워져 오는 소식에 톡톡

네가 곁에 있을까 툭툭

창밖 너머로 주르륵 따뜻한 듯

차갑게 내리는 봄비가

구슬프게 울어

이 끈을 부여잡고

흐릿해져 버리는 기억 속에

또렷해지길 바라는 추억은

아물어지지 않을 상처가 되고

너의 모습이 선명하게 번져 사라져 가

찰나의 순간!

너를 잊어가는 순간 속에

네가 지워져가는 순간에도

잠시라도 우리가 함께 봤던

그 봄비를 다시 볼 수 있게

그때의 네가 다시 보고 싶어

이 비에 우리가 다시 만날수 있길.

또다른 나와 봄비를 맞으며

또다른 나와 봄비를 맞는다
그것은 생명이 태동하는 봄의 소리

또다른 나와 봄비를 맞는다
설렘이 가득한 너의 부드러운 미소

또다른 나와 봄비를 맞는다
다른 세계의 나에게 건네는 인사

그곳에도 봄비가 내릴까?
내 마음 속에 깊이 스며든 아이야

네게 묻는다
또다른 나와 봄을 맞이하기 위하여

봄비가 오는 저녁이면

봄비가 오는 저녁이면
도시는 젖는다

낮 동안 버티던 먼지와
사람들 표정 끝에 걸린 피로가
사라지고
가로등은
막 시작된 마음처럼
희미하게 번진다

그런 저녁이면
괜히 창문을 오래 열어 둔다
빗소리가 들어오는 만큼
잊었다고 믿은 것들이
조용히 따라 들어온다

네가 비를 좋아한다는 이유만으로
예보를 먼저 들여다본 적이 있었다
우산을 챙기는 일보다
같이 젖을 핑계를 생각하는 일이
더 다정하던 날들이 있었다

봄비는 늘 가볍게 내리지만
기억은
가볍지만은 않다

편의점 유리문에 번지는 불빛
골목 끄트머리에서 머뭇거리던 발걸음 같은 것들이
이 계절엔 유난히
한 사람의 체온을 닮아 있다

몇 번이나 접어 둔 마음이지만
비는 접힌 자리부터 다시 적신다
마른 줄 알았던 문장들이
물 먹은 종이처럼 천천히 살아나
끝내는 소리 없이

봄비 아래 피는 벚꽃

네 이름 쪽으로 번져 간다

봄비가 오는 저녁이면
나는 무엇을 기다리는 사람처럼
창가 가까이에 앉아 있게 된다

돌아올 리 없는 것과
돌아오지 않아서 더 선명해진 것 사이에서
빗소리를 듣는다

아마 기억이란
완전히 끝나는 것이 아니라
봄비가 오는 날이면
제자리를 찾아
젖어 오는 일인지도 모른다

입춘

나를 멈추게 했던 추위가
내 어깨를 짓누르던 눈들이
스르르 내리는 비에
조용히 녹아내렸다.

무겁게 쌓여 있던 계절은
소리 없이 흘러갔고,
그 자리를 대신한 건
낯설 만큼의 부드러운 물소리였다.

차갑던 공기 틈 사이로
스며드는 온기에
나는 그제야
다시 걸을 수 있었고,

봄비 아래 피는 벚꽃

젖어가는 길 위에서
괜히 한 번
하늘을 올려다봤다.

아,
봄이 왔구나.

봄비 소식

봄비다
깊은 하늘 그네를 타고 내리는 봄비의 걸음이
딱딱하게 굳어 있던 농부의 가슴 위로 빠르게
희망을 잡아당긴다.

봄비다
초록의 푸름을 잡아당기는 봄비의 생명이
얽히고설킨 우리들 생각 틈새로 슬며시
일상을 잡아당긴다.

이 봄비가, 얼마나 많은 생명을 되살렸을까
이 봄이에, 얼마나 많은 사랑을 이겨냈을까
이 봄비는, 얼마나 많은 아픔을 지나가줄까

온몸을 다 녹여낸 봄비의 힘으로
희망을 잡아당긴 마음마다 사랑만 하겠노라 피워내
는 꽃들이 만개하고

온몸을 다 던져낸 봄비의 용기로
일상을 잡아당긴 걸음마다 꼭 살아내겠노라 지켜내
는 수목이 굳건하다

사랑하라
살아나라

사랑하라
살아나라

봄비 소식, 온 땅에 생명이 솟아나고
봄비 소식, 온 삶에 사랑이 넘쳐난다

봄비 같은 사람

봄비 하나,

먼지 자욱 뿌옇게 얼룩진 세월 속에

그저 어머니라는 이유 하나 전부가 되어

봄비 젖은 축축한 날조차 따듯한 체온으로

나에게 뛰는 가슴을 맞대어 준 사람입니다

봄비 두울,

가진 것도 잘난 것도 없이 굽어진 인생 속에

고갯길 업어 키운 자식이라는 존재의 가치로

봄비 내리는 찬란한 날까지 여전한 자리에서

나에게 사랑의 기준점이 되어 준 사람입니다

방울방울, 가랑비 옷 젖는 작은 봄비에

온 대지가 숨을 쉬며

얼었던 걸음이 자리를 찾아가듯

울울창창, 보일 듯 말 듯 작은 겨자씨 심겨진 푸른 삶에
나의 온 삶이 온기가 되어
나도 살고 당신도 살아납니다

꽃샘추위 웅크린 날에도 아랑곳없이 곁을 지키고
당연한 것 없는 그럼에도 당연한 듯 아낌없이 응원하며
나의 모든 날들을 기꺼이 사랑해 주는
당신은 봄비 같은 사람입니다

넓은 바다의 길이 되어주는 봄비 같은 당신이 있어서
많은 새가 깃드는 풍성한 가지의 나무로 자라갈 오늘
의 내가 참 좋습니다

짙푸른 그 봄의 습기를 기억하시는지요

푸른색을 좋아한다는 말에 이유를 묻지 않아주는 그 사람이 어찌나 고맙던지 뚝뚝 울고 싶은 기분이 되었어 짙은 파랑의 빗물이 창문을 타고 벽을 기어 마침내 내 이불 안으로 숨어 들어오는 시간이면 나는 실오라기 하나 걸치지 않고 발가벗은 몸으로 뛰쳐나가 길바닥에 떨어지는 빗방울 소리에 맞춰 흐느적거리고 싶어질 만큼 어쩔 줄 모르는 마음이 되거든 차도로 지나다니는 자동차들 경적 소리에 일일이 대답해 주고 싶을 만큼 미치광이 마냥 드넓은 마음이 되거든

있지 우리 아무도 몰래 춤을 추지 않을래 눈 감으면 둥실 떠다니는 마치 세포분열 같이 잡히지 않는 잔상들처럼 난 네 어깨에 손을 얹고 네 손은 내 허리를 감싸안아 영영 눈동자 안에 담긴 서로만 바라보는 거야 이렇게나 달빛이 우리 둘 만을 비추고 있잖아 우리

가 맨발로 첨벙이던 웅덩이엔 저 멀리 보랏빛 태양계가 담겨있잖아 우린 지금 지구가 아니니까, 우린 지금 눈을 까뒤집고 이세계로 갈거니까 절대로 이 두 손은 놓지 않고 서로에게 끈적이게 달라붙은 시선도 거두지 말고, 터져버리기 직전인 가슴이 끝내 내뱉는 입김조차 파아랗게 일렁이다 사라지고 우리 둘 사이엔 틈이 없어 공기가 자리할 거리조차 못 되네

*화자가 말을 쏟아내는 분위기 형성을 위해
의도적으로 문단 구분을 하지 않았습니다.

빗물 목욕

사랑했던 꿈들이

툭 치면 터지는 거품이 되어도

후 하고 입김 불어주면 날아서

영원할 수 있는 추억 속에 끼여

당장의 하루를 기쁨으로 가도록

냉혹한 따스함으로 가속시켜주네요.

내 소중한 것들을 영원할 봄비 속에

하나, 하나씩 넣어두고 가슴에 품어서

소중했던 과거는 끝을 모르게 내리는

소나기와 내가 가득 안아 붙잡아 둘게요.

부디, 나를 씻어내리지 말아주세요.

그 계절, 봄

추적추적 비 내리던 어느 날,

벚꽃잎이 빗방울의 무게를 이겨내지 못 하고,
비에 젖은 도로 위에 떨어질 때

그제서야 봄이라는 것을 알았다.

너와의 온도가 오르는 그 계절,

봄이다.

포레스트 웨일

공동 작가

벗꽃

흩날리는 벚꽃처럼

벚꽃

겨울을 지나 어김없이 다시 찾아온 봄에만
잠시 피었다 지는 벚꽃 같은 당신에게

전하지 못한 말들을 흩날리는 벚꽃에
실어 당신에게 보내겠습니다.

날이 좋아 벚꽃 비가 예쁘게 내리는 날
흩날리는 벚꽃처럼
당신을 만나러 가겠습니다.

벚꽃이 품은 기억

창가에 벚꽃잎이

떨어진다

창가에 떨어진

벚꽃잎을 보니

너와 함께한

기억이 떠오른다

떨어진 벚꽃잎

잡겠다며 뛰는

너의 뒷모습

떨어진 벚꽃잎

사이 피어난

너의 미소

벚꽃과 함께
찍은 너의 사진들

이 모든 기억이
벚꽃잎 하나로
되새겨진다

나무는 움직이지 않았다

벚꽃이 떨어지는 계절에는
손을 들어 올리는 사람들이 있다

한 장을 붙잡으면
소원이 이루어진다는 말을
누군가 믿고 있었기 때문이다

너는 그 말을 듣고
나무의 몸통을 붙잡아 흔들었다

커다란 나무는
조금도 움직이지 않았고

숨이 가빠진 너는
소원이 이루어지지 않는다고

잠깐 낙담했다

나는 그 옆에서
우연히 손에 닿은 꽃잎을
가볍게 털어냈다

꽃잎은 그저 꽃잎이었고
우리는 그저 걷고 있었으므로

바람이 지나가자
길 위에 흩어진 분홍이
천천히 길을 밝힌다

마치
우리에게 허락된 계절처럼

벚꽃이 만개했더라

봄이 오면
거리에 벚꽃이 흩날린다

눈처럼 흩날리는 꽃잎 사이
지나간 이름 하나
가만히 떠오른다

만개한 벚꽃

벚꽃

한겨울의 대한이 지나
입춘이 찾아왔다.

하얀 눈이 아닌 새싹이
피기 시작했고

어느새 시간이 흘러 우리의 삶의 아름다움처럼 세상
에도 아름다운 벚꽃이 만개했다.

벚꽃, 그 찰나의 영원함

현우의 세상은 4월이 되면 일시 정지 버튼을 누른 것처럼 정지했다. 정확히는, 색채가 거세된 채 흑백의 필름 속으로 숨어버렸다. 서울 한복판, 지하 2층에 자리한 그의 스튜디오는 일 년 내내 서늘한 습기와 암실 특유의 시큼한 약품 냄새가 감돌았다. 지상의 온도가 몇 도인지, 오늘 하늘이 어떤 색인지는 중요하지 않았다. 그에게 빛이란 오직 조명 스탠드에서 뿜어져 나오는 인공적인 백색광뿐이었다.

"작가님, 이번 주말에 진해 내려가신다면서요? 부러워요. 거긴 지금 벚꽃이 절정이라던데."

어시스턴트 민규가 장비를 정리하며 무심히 던진 말에 현우의 손끝이 미세하게 떨렸다. 카메라 렌즈를 닦던 융 천이 렌즈 표면을 거칠게 긁었다. 현우는 대

답 대신 낡은 인화기 옆에 놓인 기차표를 내려다보았다. 5년 전의 날짜가 찍힌, 누렇게 변색된 종이 조각. 그것은 그에게 티켓이라기보다 차라리 유서에 가까웠다.

현우는 사진작가였으나 풍경을 찍지 않았다. 특히 4월의 풍경은 그에게 독(毒)이었다. 사람들은 벚꽃을 보며 봄의 축복을 노래했지만 현우에게 그것은 세상의 모든 비극을 하얗게 탈색시켜 뿌리는 잔인한 축제 같았다. 너무 눈부신 그것은 금세 바래버린다. 그는 그 자명한 진리를 연수에게서 배웠다.

5년 전의 4월, 현우는 유망한 보도 사진가였다. 전쟁터의 포화나 굶주린 아이들의 눈동자를 담던 그는 지독한 번아웃에 빠져 무작정 남행열차를 탔다. 그렇게 도착한 곳이 경화역이었다. 기차 철길 양옆으로 벚꽃이 터널을 이루고, 기차가 들어올 때마다 꽃잎들이 폭설처럼 휘날리는 기괴할 정도로 아름다운 곳.

그곳에서 연수를 만났다. 그녀는 연분홍색 원피스를 입고 철길 한복판에 서서 떨어지는 꽃잎을 손바닥으

로 받아내고 있었다.

"사진 작가님이시죠? 방금 저 찍으려고 했잖아요."

연수가 해맑게 웃으며 다가왔을 때, 현우는 셔터를 누를 타이밍을 놓쳤다. 뷰파인더 너머의 피사체가 너무나 투명해서, 초점을 어디에 맞춰야 할지 알 수 없었기 때문이다.

"풍경이 너무 예뻐서요. 실례했다면 죄송합니다."
"아뇨, 예쁘게 찍어주세요. 제가 세상에서 제일 예쁠 때요."

그것이 시작이었다. 일주일 동안 두 사람은 그 작은 역 근처를 맴돌며 수만 장의 사진을 찍었다. 연수는 시한부 선고를 받은 환자였다. 하지만 그녀의 목소리는 누구보다 생기가 넘쳤고, 그녀의 웃음은 벚꽃보다 화사했다. 그녀는 벚꽃이 왜 한꺼번에 피었다가 한꺼번에 지는지에 대해 자신만의 철학을 가지고 있었다.

"현우 씨, 벚꽃은 비겁한 게 아냐. 가장 아름다울 때

봄비 아래 피는 벚꽃

스스로 물러날 줄 아는 용기가 있는 거지. 추하게 시들어서 매달려 있는 것보다 박수 칠 때 떠나는 게 훨씬 다정하잖아. 안 그래?”

그녀의 말은 예언이었다. 그해 봄이 지나기 전, 연수는 사진 속 모습 그대로 세상을 떠났다. 그녀의 마지막을 담지 말아 달라는 부탁 때문에 현우는 장례식장에도 가지 못했다. 대신 그녀가 남긴 마지막 편지에는 이렇게 적혀 있었다.

[다음에 벚꽃이 가장 눈부시게 피는 날, 우리가 같이 찍은 사진을 들고 그 간이역으로 와줘요. 그럼 내가 그 꽃잎들 사이에 숨어 있을게.]

5년 만에 다시 찾은 경화역은 여전했다. 아니, 예전보다 더 화려해져 있었다. 사람들은 저마다 셀카봉을 들고 환호하며 셔터를 눌렀다. 현우는 가방에서 낡은 수동 카메라와 5년 전 인화한 사진 한 장을 꺼냈다. 사진 속 연수는 꽃비 속에 파묻혀 장난스럽게 브이자를 그리고 있었다.

현우는 카메라를 들었지만 차마 셔터를 누를 수 없었다. 뷰파인더 안으로 쏟아져 들어오는 빛이 너무 강렬했다. 벚꽃의 흰빛이 눈망울을 찔러왔고, 사람들의 웃음소리는 소음이 되어 고막을 때렸다.

'연수야, 네가 말한 다정함이 이런 거니? 너는 가버렸는데 세상은 이렇게나 멀쩡하게 아름다운 게?'

그는 주저앉아 눈을 감았다. 그때였다. 갑자기 돌풍이 불어왔다. 나무들이 일제히 몸을 뒤틀며 신음했고, 수조 개의 꽃잎이 일제히 하늘로 솟구쳤다가 현우의 머리 위로 쏟아졌다. 그것은 비가 아니라 거대한 파도였다.

현우의 뺨에 닿는 꽃잎들은 차가웠다. 하지만 그 감촉은 5년 전 연수의 손끝처럼 다정했다. 흩날리는 꽃잎의 장막 사이로, 환영처럼 연수의 목소리가 들리는 듯했다.

"현우 씨, 이제 그만 흑백의 방에서 나와. 벚꽃은 지는 게 아니라, 땅바닥에 내려앉아 그다음 생을 준비하는 거야. 내 기억도 그렇게 네 마음속에 내려앉았으면

좋겠어."

　현우는 천천히 눈을 떴다. 눈앞의 풍경이 조금 다르게 보이기 시작했다. 벚꽃은 더 이상 죽음의 상징이 아니었다. 그것은 찰나에만 존재하는 것이 아니라 그 찰나를 목격한 사람의 기억 속에서 영원히 현상되는 이미지였다.

　그는 카메라의 노출값을 조절했다. 너무 밝아서 보이지 않던 풍경들이 렌즈 안으로 선명하게 들어오기 시작했다. 5년 만에 처음으로 그는 지하 스튜디오가 아닌 지상의 빛을 담았다.

　[찰칵.]

　셔터 소리가 벚꽃 비 사이를 가르고 울려 퍼졌다. 사진 속에는 이제 연수 대신, 그녀가 사랑했던 찬란한 봄의 정점이 담겼다. 아니, 그 사진의 모든 꽃잎 하나하나가 연수였다. 현우는 깨달았다. 그녀는 떠난 것이 아니라 매년 4월마다 이 화려한 축제의 모습으로 자신을 찾아오고 있었다는 것을.

현우는 벤치 위에 5년 전 연수의 사진을 가만히 내려놓았다. 그리고 가방에서 새 필름을 꺼냈다. 이번엔 흑백 필름이 아닌 가장 화려한 색감을 담아낼 수 있는 컬러 필름이었다.

"안녕, 나의 4월."

기차가 역을 빠져나가며 경적을 울렸다. 다시 한번 꽃비가 쏟아졌고, 현우는 그 눈부신 풍경 속으로 한 걸음 내디뎠다. 그의 카메라 렌즈에는 이제 더 이상 먼지가 쌓이지 않을 것이다. 봄비가 내린 뒤 맑게 갠 하늘처럼 그의 마음에도 드디어 선명한 색채가 돌아오고 있었다.

봄비 아래 피는 벚꽃

벚꽃 우체국: 지지 않는 약속의 기록

도시의 소음이 썰물처럼 빠져나간 외곽, 이제는 지도에서도 흐릿해진 '은화역'은 4월이 되면 거대한 분홍색 섬으로 변했다. 철길은 녹슬어 붉은빛을 띠었고, 대합실의 목재 의자는 세월의 무게를 이기지 못해 삐딱하게 기울어져 있었다. 하지만 그 폐허를 메우는 것은 다름 아닌 수천 그루의 왕벚나무들이었다. 바람이 불 때마다 나무들은 일제히 몸을 흔들며 하얀 꽃잎 비를 뿌려댔다. 그것은 마치 세상의 모든 슬픈 기억을 정화하려는 신성한 의식처럼 보였다.

희수는 매년 이맘때면 이곳을 찾았다. 벌써 일곱 번째다. 그녀의 가방 안에는 어김없이 편지 한 통이 들어 있었다. 겉봉에는 수신인도, 주소도 적혀 있지 않은 오직 한 사람만을 위한 기록.

이곳엔 기묘한 괴담 같은 소문이 돌았다. 벚꽃이 가장 눈부시게 피어오르는 사흘 동안, 역 광장의 낡은 빨간 우체통에 편지를 넣으면 보낼 수 없는 사람에게 닿는다는 이야기였다. 사람들은 그것을 '벚꽃 우체국'이라 불렀다. 과학적인 근거 따위는 없었지만, 마음 둘 곳 없는 이들에겐 그 허무맹랑한 소문이 유일한 구원줄이 되기도 했다.

희수는 역 광장 한복판에 서 있는 우체통 앞에 멈춰 섰다. 붉은 페인트가 다 벗겨진 우체통은 입을 꾹 다물고 있었다. 그녀는 차마 편지를 밀어 넣지 못한 채, 벚꽃 나무 아래 벤치에 앉아 보온병에 담아온 따뜻한 차를 마셨다. 차가운 공기와 대비되는 온기가 목을 타고 넘어갔지만, 마음속 깊은 곳에 자리 잡은 '건조한 가뭄'은 여전했다.

7년 전의 봄은 유독 잔인할 만큼 눈부셨다. 대학교 졸업을 앞둔 희수와 지훈은 교정의 흐드러진 벚꽃 아래 나란히 앉아 있었다. 지훈은 곧 군입대를 앞두고 있었고, 두 사람의 앞날은 안개처럼 뿌연 상태였다.

"희수야, 우리 약속 하나 할까?"

지훈이 떨어지는 꽃잎을 잡으려 허공에 손을 휘저으며 말했다. 그의 눈동자엔 벚꽃의 분홍빛이 어려 있었다.

"무슨 약속? 또 말도 안 되는 거 하려고 그러지."
"아니, 진지해. 우리 서른 살이 되는 봄에, 저기 은화역에서 다시 만나자. 그때 우리가 헤어져 있든, 연락이 안 되든 상관없어. 그냥 4월의 어느 날, 꽃이 제일 많이 피는 날 거기 오면 꼭 만나는 거야. 벚꽃은 약속을 기억하거든."

희수는 코웃음을 쳤다. 벚꽃이 어떻게 약속을 기억한단 말인가. 꽃은 그저 식물의 생식 기관일 뿐이고, 때가 되면 무책임하게 지고 마는 존재였다. 하지만 지훈의 눈빛이 너무나 진지해서, 그녀는 못 이기는 척 새끼손가락을 내밀었다.
그것이 마지막이었다. 지훈은 입대를 불과 사흘 앞두고 불의의 사고로 세상을 떠났다. 지키지 못한 약속은 희수의 삶에 지울 수 없는 문신처럼 남았다. 친구들이 하나둘 취업을 하고, 연애를 하고, 결혼 소식을

벚꽃

전해올 때도 희수의 시계는 스물셋의 그 봄날에 멈춰 있었다. 그녀에게 벚꽃은 축복이 아니라, 지훈이 남기고 간 지독한 숙제였다.

서른 살이 된 올해, 희수는 그 숙제를 끝내기 위해 이곳에 왔다. 이제는 정말 그를 놓아주어야 할 때였다.

편지를 부치기 전, 희수는 역 마당 한가운데에 있는 가장 커다란 벚꽃 나무 아래로 걸어갔다. 지훈이 생전에 사진을 찍으러 자주 온다던 곳이었다. 나무는 수령을 짐작할 수 없을 만큼 거대했고, 가지마다 매달린 꽃송이들은 마치 금방이라도 터져 나갈 것 같은 팝콘 같았다.

희수는 나무 밑동에 잠시 등을 기대고 앉았다. 그때, 발끝에 무언가 딱딱한 것이 걸렸다. 낙엽과 흙에 덮인 작은 나무 상자였다. 누군가 타임캡슐처럼 묻어둔 것일까? 희수는 조심스럽게 상자를 들어 올렸다. 상자 안에는 빛바랜 편지봉투들이 수십 장 들어 있었다. 은화역을 찾았던 다른 이들의 간절한 그리움들이었다.

'먼저 간 딸에게', '다시 만날 수 없는 옛 연인에게'.

그 수많은 사연 사이에서 희수의 시선이 멈췄다. 낯익은 필체였다. 투박하면서도 끝이 살짝 휘어진, 지훈의 글씨. 봉투 겉면에는 [7년 뒤의 희수에게]라고 적혀 있었다.

손이 떨려 봉투를 뜯는 데만 한참이 걸렸다. 종이는 습기를 머금어 눅눅했지만, 그 안에 담긴 문장들은 여전히 날카롭게 살아 있었다.

'희수야, 네가 이 편지를 읽고 있다면 우린 아마 약속대로 서른 살의 봄에 여기 서 있겠지? 아니면, 혹시 내가 오지 못하더라도 네가 이 나무를 찾아왔을지도 몰라. 사실 벚꽃이 약속을 기억한다는 말은 거짓말이야. 꽃은 비 한 번에 다 지고 말잖아. 하지만 벚꽃이 피는 계절에 누군가를 떠올리는 그 마음은 절대 지지 않아. 나는 네가 나를 기다리느라 네 봄을 다 써버리지 않았으면 좋겠어. 만약 내가 네 옆에 없다면, 이 편지를 발견하는 즉시 나를 잊어줘. 그게 내가 너에게 바라는 마지막 약속이야.'

편지 하단에는 작은 그림 하나가 그려져 있었다. 두 사람이 커다란 우산을 나눠 쓰고 벚꽃 길을 걷는 뒷모습. 지훈은 알고 있었던 것일까. 자신의 부재가 그녀의 삶을 얼마나 오랫동안 건조하게 만들지를. 그래서 그는 자신이 떠나기도 전에 이미 그녀를 놓아줄 준비를 하고 있었던 것이다.

희수는 한참 동안 편지를 가슴에 품고 울었다. 7년 동안 그녀를 괴롭혔던 것은 지훈이 남긴 약속이 아니라, 그 약속을 지키지 못했다는 부채감이었다. 하지만 지훈은 이미 7년 전, 이곳에 자신의 진심을 묻어둠으로써 그녀에게 완벽한 자유를 선물했다.

바람이 거세게 불자, 나무들이 일제히 몸을 흔들었다. 수만 개의 꽃잎이 소용돌이치며 희수의 머리 위로 쏟아졌다. 그것은 마치 지훈이 하늘에서 보내는 수만 통의 답장 같았다.

희수는 가방에서 자신이 써온 편지를 꺼냈다. 그리고 그것을 우체통에 넣는 대신, 지훈의 편지와 함께

봄비 아래 피는 벚꽃

나무 아래 깊숙이 묻었다. 이제 이 편지들은 은화역의 흙이 되어 내년 봄, 더 선명한 분홍빛 꽃을 피워낼 것이다.

그녀는 자리에서 일어나 옷에 묻은 흙을 털어냈다. 그리고 가방에서 오래된 필름 카메라를 꺼냈다. 7년 동안 렌즈 캡을 닫아두었던 카메라였다. 희수는 뷰파인더를 들여다보았다. 벚꽃 너머로 비쳐 드는 오후의 햇살이 눈부시게 부서지고 있었다.

[찰칵.]

경쾌한 셔터 소리가 정적을 깼다. 사진 속에는 이제 슬픔이 아닌, 찬란한 오늘의 풍경이 담겼다. 희수는 비로소 깨달았다. 지훈이 말한 '약속을 기억하는 벚꽃'은, 과거에 머물라는 뜻이 아니라 매년 다시 피어나는 꽃들처럼 새로운 봄을 살아가라는 응원이었다는 것을.

역을 빠져나오는 길, 희수의 발걸음은 그 어느 때보다 가벼웠다. 등 뒤로 벚꽃 비가 계속해서 내리고 있

었지만, 그녀는 더 이상 뒤를 돌아보지 않았다. 대신 앞을 향해 뻗은 철길을 따라 천천히 걸음을 옮겼다.

"안녕, 나의 스물셋. 그리고 고마워, 나의 서른 살."

은화역의 벚꽃은 여전히 눈부셨다. 하지만 이제 그 것은 상실의 기록이 아니었다. 그것은 매년 다시 돌아오는 지지 않는 다정한 안부였다. 희수의 머리칼 위에 앉았던 꽃잎 하나가 바람을 타고 날아갔다. 마치 약속을 다 마친 전령처럼, 홀가분한 몸짓으로.

벚꽃이 피기 전의 시간

벚꽃

사람들은
벚꽃이 피는 날을 좋아한다.

짧게 피고
금방 흩어지기 때문에
더 아름답다고 말한다.

하지만 나는
벚꽃이 피기 전의 시간을 생각한다.

차가운 바람을 지나고
봄비를 몇 번이나 맞고
그렇게 기다리는 시간.

눈에 보이지 않는 시간들.

내가 보내고 있는 시간도
어쩌면 그런 시간일지도 모른다.

누군가는 모르는
조용한 싸움의 시간.

그래도
나는 오늘을 기록해 둔다.

새벽에 본 달도
조용히 쌓여 있던 눈도
비에 젖은 거리도.

혹시라도
언젠가 내가 다시 돌아봤을 때

이 시간들이
벚꽃이 피기 전의
조용한 봄이었기를
바라면서.

봄비 아래 피는 벚꽃

벚꽃낙엽

문득 느껴진 밑창의 밑, 이물감

밟힌 것은 낙엽일까
짓뭉개진 흔적 사이
진분홍 꽃결

아, 봄이려나

매일이 춥고 추워 시간을 몰랐다
똑같이 흐르는데 꼭 멈춘 듯

방금 시간이 흘렀다

바람 타고 날아오른 작은 벚꽃이 하나
그걸 발견한 나

그렇구나

봄이 왔구나

드디어 따뜻해지려나?
조금은 들뜬 마음
하지만 아직은 춥다 추워
주머니, 꼭 손을 넣고

오늘도 한 발자국

온기가 머물다 식고
또 다른 온기로 덮인다면

정말로 봄이 오겠지
그렇겠지

벗꽃이 피는 날에

벚 꽃

따스한 바람이 숨을 쉬는 오후

조금 설레는 심장 소리에 귀 기울이며

분홍빛 거리를 천천히 걷는다

흩날리는 꽃잎 사이로 너의 얼굴이 스며든다

아무 일 없는데도 웃음이 번지는 건

오늘이라는 날이 괜히 예뻐서

그런 날이면 괜히 네게 전화를 걸고 싶다

목소리 너머로 계절이 살짝 떠오를까

카페 앞 작은 골목에 드리운 분홍빛 그림자들

너와 함께면 말이 필요 없을 것만 같은 오후

햇살이 우리 둘을 가만히 감싸안을 때

나는 네 손을 잡고, 오늘을 고백하려 한다

시간이 흐르고 계절이 바뀌어도
이 마음이 그대로라면 내일도, 그다음 봄도
너와 같은 길을 웃으며 걷고 싶다
벚꽃이 피는 날이면, 나는 네 이름을 부르고
조용히 사랑한다고 말할 것이다

봄비 아래 피는 벚꽃

벚꽃 아래서

바람결에 실려 온 햇살이 조용히 스며드는 날
꽃잎들이 저마다 길을 잃을 때
우연히 마주친 당신의 웃음이
내 하루의 중심이 되어 머물렀다

말없이 어깨를 스치던 그 거리
소소한 침묵이 오히려 가깝게 느껴져
벚꽃 아래로 흘러간 우리 이야기들은
한 장의 사진처럼 가만히 남아 있다

익숙하던 길이 낯설게 보이던 건
당신과 나눴던 말들이 자꾸 떠올라서
평범한 하루도 특별해지던 계절
그때부터 어쩌면 우리는 시작했는지 모른다

벚꽃 아래서 당신을 바라보며

같은 길을 또 걷고 싶다는 작은 바람을 삼킨다

꽃잎이 흩어져도, 계절이 바뀌어도

그날의 온기가 내 안에 오래 머물기를 바란다

벚꽃엔딩

벚꽃

벚꽃길 위에서
천둥이 울고
비바람이 스쳤다.

잠깐이었지만
그 속에서도
행복은 피어 있었다.

엄마의 한 손
아빠의 한 손
양손 높이 들려
어화둥둥
폴짝.

어느 해는 여덟 살

어느 해는 열두 살

어느덧
어른이 되어
다시 걷는 길.

소복이 쌓인 눈길은
어느새 벚꽃 눈 내려
오솔길을 다시 단장한다.

사진기에 봄을 담던
그녀도
이 길을 걸었다.

내년에도
벚꽃 나무 길 위에서
다시 만나자.

꽃잎이 떨어져 바람인 줄 알았더니 세월이더라

몇 달 전 싸이월드가 복구되었다는 소식을 들었다. 지금 페이스북과 인스타그램 전에 나의 20대와 30대 초반까지 함께했던 소셜 네트워크 서비스다. 어쩌면 싸이월드가 잘만 더 활성화되었다면 우리나라를 넘어 글로벌화 되었을지 모른다. 하지만 시간이 지나면서 몰락하고 오래된 추억이 되어 버렸다. 오랜만에 접속한 싸이월드에서 나의 젊은 시절을 발견할 수 있었다.

봄이 되면 벚꽃이 핀다. 벚꽃이 피면 참으로 화려하다. 하지만 그 화려한 기간이 그리 길지 않다. 고작 일주일에서 길어야 10일 남짓이다. 그 짧은 시간 속에 자신의 모든 것을 불태우고 떨어진다.

나의 20대 시절도 그랬다. 분명히 힘든 시절도 있지만, 만 권의 책을 읽고, 만 명의 사람을 만나 같이 토

론하고 술잔을 나누던 추억, 만 번의 도전하면서 얻었던 경험이 남아있다. 그것이 지금의 내가 될 수 있었던 바탕이 되지 않았을까 싶다. 20대 시절의 청춘 시절이 벚꽃이 가장 화려하게 폈던 그 시기였다.

사진을 보니 그때 그 시절의 추억이 내 머릿속에서 선명하게 떠오른다. 하고 싶은 것이 많았던 시절이다. 다른 사람들이 해보지 못했던 경험도 많이 했다. 과외, 서빙, 막노동 등 다양한 아르바이트도 병행했다. 시간을 헛되이 보내고 싶지 않아 계획도 많이 세우고 실행했다.

그 시절이 영원할 줄 알았다. 언제나 청춘으로 살 것 같았다. 꽃잎이 조금씩 떨어져도 스쳐 지나가는 바람인 줄 알았다. 하지만 화려한 꽃잎이 다 지고 나니 남은 것은 세월이었다. 정말 순식간에 지나갔다. 다시 돌아가고 싶지만 그 아름답고 찬란했던 시절은 이제 내 기억에만 남아있다. 개인적인 생각으로 사람의 인생 중에 가장 화려한 시기를 꼽으라면 20대가 아닐까 싶다.

꼭 청춘이 아니더라도 사람마다 자신 인생 중에서 가장 화려하고 빛나는 시기는 다를 것이다. 인생의 가장 아름다운 시간은 "화양연화"라는 단어로 비유한다. 자신만의 꽃잎이 열리고 있는 시기라면 그 시간을 헛되이 쓰지 말아야 한다. 그 시간을 낭비한다면 지나고 나서 후회하는 경우가 많다. 40대 중반이 된 지금도 20대만큼은 아니지만 나름대로 아름답고 화려한 시절이라 생각한다.

남은 인생에서도 계속 "내 인생의 화양연화"를 만들기 위해 노력하고자 한다. 매일 만나는 하루 1시간 1분 1초 그 순간을 충실하게 사는 것이 아마도 내 인생의 꽃잎을 가장 화려하고 오랫동안 가져갈 수 있는 방법이 아닐까 싶다. 아마도 시간이 지나 그 꽃잎이 떨어지면 정말 세월만 남았음을 느끼지 않을까?

벚꽃 엔딩

3월 말이 되면 남쪽 지방에서 먼저 벚꽃이 활짝 핀다. 4월 초 서울 거리 전체가 벚꽃으로 물들 것이다. 불과 몇 년 전만 해도 여의도 윤중로나 진해에 가서 벚꽃 축제를 즐겼다. 지금은 사는 게 바쁘기도 하고 귀차니즘이 생겼는지 출퇴근 시 출장갈 때 거리에 핀 벚꽃을 잠깐 바라보면서 기분 전환을 한다.

벚꽃의 꽃말은 "순결, 절세미인"이라 한다. 왜 그런 꽃말이 붙었는지 이유는 잘 모르겠다. 일본에서 건너온 꽃이라 하여 조금은 안 좋은 시선으로 보지만, 피어 있는 모습이 화려하여 개인적으로 좋아한다. 2000년대 초반 인기 시트콤 <뉴논스톱>에서 지는 벚꽃을 잡는 연인의 모습도 인상적으로 보았다.

대학 시절에 친구들과 술 한잔 걸치고 거리를 지나

가다 아름답게 핀 벚꽃을 넋을 잃고 바라본 기억. 벚꽃이 핀 대공원을 구경하며 사랑의 설렘이 가득했던 추억. 흩날리는 벚꽃 아래에서 이별을 말하는 누군가에게 차이던 악몽. 이제는 그 시간도 지는 벚꽃처럼 빠르게 지나갔다.

광명 안양천 및 회사 근처 거리에도 벚꽃이 만개한다. 그러나 벚꽃의 화양연화는 그리 길지 않다. 가장 아름답고 화려하게 피지만 그 기간이 오래가지 못하고 바로 사라진다. 아마 이렇게 한순간에 피고 지는 꽃이다 보니 강렬하게 누구에게나 각인이 되나보다. 올해는 벚꽃 아래 어떤 추억을 남겨볼까?

벚꽃은

벚꽃은 늘 짧은 약속처럼 찾아온다.

겨울의 끝자락에서 아직 차가운 바람이 남아있을 때, 나무는 어느새 분홍빛 숨을 틔운다. 사람들은 그 아래에서 사진을 찍고 웃지만, 벚꽃은 그저 조용히 피었다가 조용히 흩어질 뿐이다. 마치 자신이 얼마나 아름다운지 모르는 것처럼.

나는 벚꽃이 질 때가 더 좋다.

꽃잎이 바람에 흩날리며 길 위에 내려앉는 순간, 봄이 눈에 보이는 시간처럼 느껴지기 때문이 아닐까. 손을 뻗으면 잡힐 것 같지만 결국 지나가 버리는 계절의 조각처럼 말이다.

그래서 벚꽃을 보면 늘 생각하곤 했다.

어떤 아름다움은 오래 남기 위해 존재하는 것이 아

봄비 아래 피는 벚꽃

니라, 잠깐 스쳐 가기에 더 깊이 기억된다는 것을. 벚꽃은 매년 같은 시기에 피지만, 그 아래를 지나가는 우리의 시간은 매번 조금씩 다르기에 더욱 짙게 기억되나 보다.

소중한 너

봄비 아래 피는 벚꽃

벚꽃은 오래 피어 있지 않는다.
그래서 사람들은 더 자주 올려다본다.

잠깐이라도 놓칠까 봐.

나도 비슷한 마음이다.
늘 가까이 있는 건 아니지만
어쩌다 보이는 순간마다

괜히 또
눈이 먼저 간다.

그래서일까.
너를 보면
꼭 벚꽃을 보는 것 같아.

행복으로 물들어가

벚꽃이 피는 계절엔
괜히 길을 천천히 걷게 된다.

바람에 흔들리는 꽃잎을 보고 있으면
별일 없는 하루도
몽글몽글해진다.

특별한 일이 없어도 괜찮다.
그저 이렇게
벚꽃을 바라보고 있는 것만으로도

오늘은 조금씩
행복으로 물들어가고 있으니까.

벚꽃이 피는 날에

입춘이 지났다
그로부터 한 달 하고도
일주일 정도가 더 지났다

3월 중순임에도 봉오리조차 없는
아직 앙상한 나뭇가지를 붙들고
언제쯤이면 벚꽃이 피냐며
재촉을 해댔다

하늘을 모두 덮어버릴 듯 피었다가
땅을 모두 덮어버릴 듯 떨어지는
그 복숭앗빛 냄새를 떠올리며

기다리던 벚꽃이 피는 날에
한 송이 떨어트려

머리에 달아달라고
바람에 흩날린 벚꽃잎으로
내 머리를 물들여달라며
아직 피지 않은 벚꽃을 재촉해댔다

미신

흩날리는 벚꽃을 잡으면
소원이 이뤄진다는 말 알아?

누군가 지어낸 말이라는 걸 알지만
사랑하는 마음에는 간절함이 깊어서
그 깊은 마음을 미신으로 채우는 거야

오늘도 벚꽃잎 하나가 떨리는 마음을 채운다

한 잎, 두 잎

마음이 꽃잎으로 가득 차기 전에
시들어가는 나를
한 번만 봐주길

봄이 짜는 천

길가에는 수많은 벚꽃잎이 모여
하나의 천을 짜냈다

길게 이어진 천의 끝에
네가 서있다

나뭇가지가 폭죽처럼 터지고
바람은 네 앞으로
나를 등 떠민다

언젠가 바람에 날려 사라질
꿈이라 해도 괜찮을 것 같아

이 순간의 우리는
아직도 예쁜 모습으로
피어있잖아

메리 체리블라썸

메리 체리블라썸
아무도 모르는 봄의 크리스마스는
우리만의 영원한 세계에서 시들지 않고 꼬박꼬박 돌
아왔다

네가 적은 벚꽃의 전설
꽃잎을 잡아 사랑하는 이에게 주면 옅은 행복이 반드
시 찾아온다지
주고받은 벚꽃잎은 나무를 이루고도 남았는데
나른한 봄기운은 우울의 가면을 쓰고 스며들어

메리 체리블라썸
인사를 건네면 돌아오는 메아리는 없고
더 이상 봄에도 크리스마스가 있다는 걸 기억하는 이
도 없이

무한한 공허로 사라진 벚꽃의 전설

봄은 쉬지 않고 돌아왔고
아직도 매년마다 메리 체리블라썸 인사해
주고받은 벚꽃잎은 버석하게 말라비틀어지고
네가 적은 편지 종이는 바랬는데도

봄기운은 여전히 달아

너를 사랑한 봄부터 불안이 늘었다

벗꽃이 피면 불안해져
아직 너와 꽃구경 핑계 삼은 산책조차 하지 못했는데
올해 봄비는 기다려주지 않을까 봐

비가 오는 날마다 벗꽃나무의 빛깔을 살피던 내게
세상 살면서 불안할 것도 많다고 핀잔을 주던 너

그러나 사랑을 한다는 건
꽃잎 하나에도 당신의 이름이 붙은 순간
떨어질까, 더러워질까, 행여나 밟힐까 노심초사 가슴
을 졸이는 일

너를 사랑한 봄부터 불안이 늘었다.
하나둘 떨어져 가는 벗꽃과 날이 갈수록 자주 내리던
봄비를 보며 기도하던 새벽들이 늘었다

우리 올해에는 벚꽃이 가장 화창할 때 만나기로 해.
네가 하고 싶었던 일들과 내가 마음 졸이며 간절히
빌었던 일들을 몽땅 함께하기로 해
봄비가 오는 날에는 물에 젖은 꽃을 밟으며 서로의
이름을 되새기기로 해

여전히 불안에 마음 졸이며 너를 사랑하는 봄

무언(無言)의 대답

벗꽃이 피었다

분홍 꽃잎들이
조용히 하늘을 향해 있었다

나는 그 분홍 꽃잎을 지나가며
걸음을 늦추었다

꽃은 아무 말도 하지 않았지만

잠시 피어 있는 것들이
어째서 이렇게
마음과 눈을 붙잡는지

나는 조금 생각했다

벗꽃의 이름

추움을 오래 견뎌낸 가지 끝자락에
하나의 벗꽃이 피었다

부서질 듯 가벼운 꽃잎들이
햇빛 속에서 흔들렸다

바람 한 번이면
모두 멀리 흩어질 것을

나무는
알고 있었을 것이다

그래서일까

벗꽃은

가장 짧게 머물고
가장 오래 준비하는 꽃이다

그 봄을, 그 벚꽃을
청춘이라 부른다.

일장춘몽

겨우내 달아걸었던 공상 위
계절 따라 스미는 분홍빛 이채

서두르지 않아도 해는 뜬다더니
마중하지 못하여도 봄은 풍기나 보오

순간만을 기다렸던 잎새는
때를 찾아 제 한 몸 내던지고
착륙은 찰나이지만 찬란하기에
기어코 후년의 윤회를 기약하오니

눈한 즈음에도 낭독하지 못하였던 서간집은
길섶 사이 가장 짙은 벚꽃 하나로 봉해
그대 이름으로 우편을 붙입니다

오랜 밤을 지나 마침내 봄을 맞은 꽃은

비록 한 떨기래도 뼈대보다 굵은 마음

발발이 움직이지 않았으나

제자리서 가장 기특히 피워낸 안달이

무엇보다도 선명한 제 마음이렸다 이릅니다

봄비 아래 피는 벚꽃

봄의 문장

벚꽃

겨우내 참아왔던 고백이
한꺼번에 터져 나오듯

나무는
잎보다 먼저
분홍빛 문장들을 내뱉었다

아무도 묻지 않았는데
봄은
이렇게 먼저
자신의 마음을 밝힌다

사람들은
그 순간을 보며
벚꽃을

순결한 절세미인이라 부른다

바람 한 점에도
몸을 던지는 저 가벼움은
아마도
가장 무거운 그리움을
털어내기 위함일지도 모른다

그래서 벚꽃은
오래 머물지 않으면서도
짧은 계절 하나를
환하게 밝혀두고

아무 일 없다는 듯
조용히
흩어진다

봄비 아래 피는 벚꽃

벚꽃이 만개한

너라는 벚꽃을 내 눈에 담아도 될까,
만개한 분홍빛의 꽃잎들을 첫사랑이라는 이야기로
엮어도 될까,

고민만 하다가 또 놓쳤네

내가 헛것을 잡으려 했나,
생각을 해보아도 결론이 나오지 않아

지금 여기에 피어나고 있는 너를
나는 무척이나 사랑하고 있어

그러니

너라는 이름의 꽃잎을 떼어가려는 사람이 있으니까
이리로 와서 혼이라도 내주지 않으련

시들어버린 꽃이 된 나를,
가져가 주지 않으련

봄비 아래 피는 벚꽃

가장 아름답고 빛나던

당신이 웃고 있는 모습이 비치는 내 눈 속에서는

이 세상에서 가장 아름다운 벚꽃을 담느라 정신이 없고

움푹 패인 보조개와

눈을 깜빡이면 움직이는 속눈썹과

분홍빛으로 물들어버린 볼과

입꼬리가 올라가면 보이는 덧니와

억지로라도 나를 담으려 노력하는 눈동자가

가장 밝게 빛나는 것 같아,

감히 당신을 쳐다볼 수가 없었던 것 같기도 해

흩날리는 날

벗꽃이 피니까
평소와 똑같은 길인데도
조금 다른 곳처럼 보여.

괜히 천천히 걷게 되고
하늘을 한 번 더 올려다보게 돼.

바람이 불 때마다
꽃잎이 가볍게 떨어지는데
그게 눈처럼 흩날려.

손에 닿을 것 같다가도
조용히 지나가 버리고
어느새 길 위에 얇게 쌓여 있어

사람들은 잠깐 멈춰서

사진을 찍기도 하고

아무 말 없이 그냥 바라보기도 하지.

아마 다들 알고 있을 거야

이 계절이 오래 가지 않는다는 걸.

그래도 괜히 기다리게 되는 건

짧아서 더 예쁜 순간이

가끔은 필요하기 때문이겠지.

벚꽃

나의 흰 벚꽃

나의 벚꽃이 개화했다

당연히 분홍색일 줄 알았는데

새하얀 흰색이더라

분홍색 벚꽃이 되고 싶어

분홍색 벚꽃이 부러워서

내 꽃잎을 떼내려 하고

내 벚꽃을 미치도록 미워했던 그 초봄

저무는 봄볕 아래

여름옷 미리 파는 옷집들을 보고

그제서야 알았었지

내 벚꽃을 미워하고

남 벚꽃을 질투하기엔

봄은 한없이 짧구나

하늘은 한없이 푸르구나

남의 봄과 나의 계절

벗꽃이 피면 사람들은 밖으로 나온다.
연인들은 어깨를 붙이고 사진을 찍고, 가족들은 아이
손을 잡고 벗꽃길을 걷는다.
친구들은 웃으며 셀카를 찍고, 사원증을 목에 건 직장
인들은 점심시간의 짧은 산책을 즐긴다.
벗꽃 아래의 풍경은 늘 환하다.

그래서인지 그 길을 걷다 보면 마음속에서 이상한 질
문들이 하나씩 떠오른다.
어떤 사람은 꽃잎이 떨어지는 걸 바라보고,
어떤 사람은 사진 속에 그 순간을 붙잡아 두려 한다.
연인들을 보면 생각한다.

나는 왜 아직 이런 사랑을 만나지 못했을까.
아이와 함께 웃고 있는 가족을 보면 마음이 잠시 고

요해진다.
왜 우리에게는 아직 아이가 오지 않았을까.

사원증을 달고 웃으며 걷는 사람들을 보면 또 다른
생각이 스친다.
나는 언제 저렇게 출근하게 될까.

벚꽃은 그저 피어 있을 뿐인데
그 아래에서 사람의 마음은 자꾸 비교를 시작한다.
가만히 생각해 보면 우리는 조금 이상한 일을 하고
있는지도 모른다.
연인들의 사진 속 미소는 그날 하루의 순간일 뿐이고,
가족들의 웃음 뒤에는 우리가 모르는 수많은 걱정이
숨어 있을지도 모른다.

사원증을 달고 걷는 사람들도 어쩌면 각자의 무게를
견디며 하루를 버티고 있는 중일지 모른다.
그런데도 우리는 그 짧은 장면 하나만 보고 마음속에
서 조용히 저울을 꺼낸다.

남의 하이라이트와

봄비 아래 피는 벚꽃

나의 비하인드를.

벚꽃은 며칠 뒤면 바람에 흩어진다.
그러나 그 짧은 계절 동안 우리는 한 가지를 배운다.

누군가의 봄을 부러워하기보다
지금 내 자리에도 다른 모양의 봄이 지나가고 있다는
것을.
그래서 벚꽃길을 걷다가 마음이 조금 흔들리는 날에는
나는 나에게 이렇게 말해 보려 한다.

누군가의 환하게 빛나는 순간과
내 삶의 조용한 시간을
같은 저울 위에 올려놓지 말자고.

우리는 자꾸 남의 하이라이트와 나의 비하인드를 같
은 장면처럼 비교하지만
삶은 애초에 같은 장면으로 재생되지 않는다.

각자의 속도로
각자의 계절을 지나갈 뿐이다.

벚꽃

봄비

산들바람과 함께
나비를 날려 보내겠소

파르르

이유 없이 터져 나오는
설움을 주체하지 못하고
떨리는 눈가에

파르르

한 움큼 쥔 벚꽃잎들을
그저 흩어지도록 두겠소

벚꽃이 피고 지는 순간

분홍빛의 벚꽃이 만개할 때는 수많은 사람들이 사진을 찍으러 온다.

매년 같은 벚꽃을 보는 데 다음 해에 또 보러 오는 이유는 무엇일까?

그것은 아마도 가장 아름답게 만개하는 그 순간의 감동을 기억하고 싶은 것이리라.

그 잠깐의 아름다움과 깊은 감동을 기억하면서, 우리는 다음 해에 또 피게 될 벚꽃을 기대하게 된다.

아주 짧게, 반짝 피고 지는 벚꽃의 아름다움을 곱씹을 때면, 그 짧지만 강렬한 순간의 소중함을 깨닫게 된다.

그런데 우리는 과연 우리에게 주어진 짧은 순간들을 소중하게 생각하고 있는 것일까?

평범한 일상과 나날들. 우리는 그 시간을 소중히 여기는 마음을 잊지 않고 있는 것일까?

벚꽃이 피고 질 때처럼 강렬한 경험이 아닌 순간들이
라고 소홀히 여기지는 않는 것일까?

벚꽃이 피고 지는 순간처럼 찰나의 순간이 될지도 모
를, 우리의 짧지만 소중한 순간들을,
그저 추억으로만 여기지 말고 소중하다는 사실을 기
억하길 바란다.
우리에게 주어진 짧은 순간이 얼마나 이어지게 될지
아무도 알지 못하므로.

햇빛이 내리면

벗꽃 햇빛이 내리면
사람들이 입고 있던 두꺼운 겉옷은
장롱으로 들어가 내년을 약속한다

벗꽃 햇빛이 내리면
많은 공원에는 파스텔톤의 사람들과
많은 애(愛)가 만개한다

벗꽃 햇빛이 내리면
사람들은 돗자리를 펴고 저들끼리 모여
오만가지 수다를 하나로 모은다

벗꽃 햇빛이 내리면
길가에는 우아하고 작은 드레스를 입은 나무가
사람들의 눈길을 자극한다

햇빛이 내리면
온 전국에 아름다운 꽃내음이 퍼져
온 세상에 생명을 가져다준다

봄비 아래에 피던 벚꽃

봄비 아래에 피던 벚꽃은 유난히도 하얀색이었다

그 하얀색이 분홍색으로 바뀌려면

옆에는 항상 목련이 있었다

봄비 아래에 피던 벚꽃은 유난히도 작았다

그 작음이 크게 바뀌려면

항상 봄비가 위에 있었다

봄비 아래에 피던 벚꽃은 유난히도 아름다웠다

그 아름다움이 져 버리면

항상 따신 햇빛이 시샘하고 있었다

봄비 아래에 피던 벚꽃은 유난히도 영원했다

그 영원함이 일시적으로 바뀌면

항상 봄비 아래에서 보이던 우산들 속에 사랑이 식곤 했다

벚꽃 같은 그 사람

잠깐 머물다 가는 그 사람

벚꽃처럼 피었다 지니

더욱 미워집니다

보드레한 내 마음에

살짝 스며들었다가

금세 사라져 버려서

더 얄미운 그 사람

일 년에 한 번

짧게 찾아오지만

속 깊이 들어와

남은 날 내내 생각나는 그 사람

마치 벚꽃 같아

더욱 그립습니다

벚꽃나무가 되길

언제나 우뚝 서 있는

휑한 벚꽃나무 한 그루,

오늘따라 유난히 외로워 보입니다.

차디찬 기운에 가지는 오들오들 떨고

인생이 많이 무거운지 축 처져 있습니다.

그런 나무의 벚꽃이 되어

춥지 않게,

살며시 토닥여 주고 싶습니다.

낙화의 기억

벗꽃이 피면

멀리 돌아온 부메랑처럼

그때의 기억들이 나를 반긴다

손을 뻗으면

닿을 것 같다가도

끝내 비껴가던 꽃잎과

가볍게 스쳤다가

아무 일 없던 것처럼 멀어지던 온기

발을 맞추지 않아도

나란한 시간

말보다 느린 것들이
조금 더 오래 남아서

흩날리는 것들 사이를 걷다
문득 멈춰 서게 되던 시간들이
이상하게 선명하다

그래서 벚꽃이 피면
한 번쯤
다시는 돌아오지 않을,
사라진 네가 떠오른다

아무것도 붙잡지 않았는데
유난히 멀어지지 않는다

붙잡히지 않던 것들은
내 기억 속에서
끝내 사라진 적이 없다

그래서
나는 여전히

잡히지 않던 순간들 속에서
너를 놓지 못한 채
봄을 건너고 있다

봄비 아래 피는 벚꽃

벗꽃 아래서

벗꽃

벚꽃 아래서

벚꽃 아래서
나는 잠시 멈춰 선다
흩날리는 꽃잎 하나가
어깨에 내려앉을 때

말하지 못한 마음들이
가볍게 떠올라
바람에 실려 흘러간다

햇살은 부드럽게 번지고
분홍빛 시간 속에서
세상은 잠시 느려진다

벚꽃 아래서

우리는 아무 말 없이도

서로를 충분히 이해한 듯

조용히 웃는다

그리고 알게 된다

이 짧은 순간이

오래도록 남을 계절이라는 걸

봄비 아래 피는 벚꽃

기어이

의사는 말을 고르는 사람이었다.

나쁜 소식을 오래 다뤄온 사람들은 대개 그렇게 된다. 어떤 단어를 쓰느냐에 따라 같은 내용이 달리 들린다는 걸 알기 때문에. 준호는 그 고름을 지켜보면서, 아, 나쁜 쪽이구나, 라고 먼저 알아챘다.

췌장. 3기. 지금 당장은 아니지만, 길어야 이 년, 수술이 잘 되면 조금 더.

준호는 고개를 끄덕였다. 의사가 덧붙이는 말들을 들으면서, 창문 밖을 봤다. 병원 건물 사이로 하늘이 좁게 보였다. 3월의 하늘이었다. 아직 온기가 돌아오지 않은, 투명하고 단단한 빛깔이었다. 저 하늘은 이 방 안에서 무슨 말이 오가는지 모른다. 아무 관계가 없다. 그 무관함이, 이상하게 위로가 됐다.

집에 돌아와서 그는 노트를 꺼냈다.

할 일 목록을 적기 시작했다. 적금 해지, 보험 정리,

부모님께 연락, 진행 중인 프로젝트 인수인계. 직업이 건축사였기 때문에 넘겨야 할 도면들이 있었다. 차는 어떻게 할지. 책들은 누구한테 줄지.

꼼꼼하게 적었다. 한 줄씩. 그게 자신이 할 수 있는 일처럼 느껴졌다. 감당할 수 없는 것 앞에서 감당할 수 있는 것들을 나열하는 일. 준호는 평소에도 그런 사람이었다. 설계 도면을 그릴 때도, 큰 구조보다 선 하나를 먼저 정확히 긋는 것에서 시작했다. 지금도 그러고 있었다. 무너지지 않는 방법으로, 선을 긋고 있었다.

다 적고 나서 노트를 덮었다.

방 안이 조용했다. 형광등 소리가 들릴 정도로. 준호는 한동안 앉아 있었다. 슬프거나 무섭거나 하지 않았다. 감정이 없는 게 아니었다. 감정이 너무 커서 어디에도 닿지 못하는 것 같았다. 벽에도, 바닥에도, 자신에게도. 그냥 공중에 떠 있는 것처럼. 아직 실감이 없는 것이었는지, 아니면 실감한다는 게 원래 이런 것인지 알 수 없었다.

그때 핸드폰이 울렸다. 오래된 친구였다. 이번 주말 벚꽃 보러 갈 건데 같이 갈래? 준호는 화면을 한참 들여다봤다가 내려놓았다. 나중에 답하자, 라고 생각했다.

그러다 다시 집어 들었다. 그리고 응이라고 답했다.

봄비 아래 피는 벚꽃

벚꽃은 그해도 어김없이 왔다.

남산 순환로를 따라 나무들이 늘어서 있었고, 주말이라 사람이 많았다. 준호는 친구 가족들 사이에서 걸으면서, 피부로는 닿는데 실제로는 닿지 않는 이상한 감각을 느꼈다. 꽃이 이렇게 많은데, 자기 혼자만 유리 한 겹을 사이에 두고 서 있는 것 같은 느낌. 사람들은 사진을 찍고 웃고 음식을 먹었다. 아이가 꽃잎을 잡으려 손을 뻗었다. 세상이 계속되고 있었다. 준호 없이도 계속될 세상이, 지금도 이미 계속되고 있었다.

나무 아래 벤치에 혼자 앉아 있는 여자가 보였다. 스케치북을 무릎에 올려두고 뭔가를 그리고 있었다. 사람들 속에서 그 사람만 멈춰 있는 것 같았다. 흐르는 것들 사이에 홀로 고여 있는 것처럼. 준호는 이유도 없이 그 옆에 앉았다.

"뭘 그리세요?"

여자가 스케치북을 살짝 기울였다. 꽃이 아니라 사람들을 그리고 있었다. 꽃 아래 걷는 사람들의 뒷모습들.

"꽃은 안 그리세요?"

"꽃은 다 비슷하게 생겼잖아요. 사람들 반응이 더 다양해서요."

준호는 그 말을 오래 생각했다. 나중에도 가끔 그 말이 떠올랐다. 꽃이 아니라 꽃 앞의 사람을 보는 사람. 소멸하는 것보다 그것 앞에 선 사람의 표정에 더 관심이 있는 사람.

하예원이라고 했다. 프리랜서 일러스트레이터였다.

두 번째 만난 건 한 달 후였다. 준호가 먼저 연락했다. 두 번째를 끝으로 그만 볼 수도 있었다. 세 번째를 만들지 않으면 됐다. 그게 상대에게도 자신에게도 덜 복잡한 길이었다. 덜 복잡하다는 것과 옳다는 것은 다른 말이지만, 그 차이를 외면하는 것이 어렵지 않을 수도 있었다.

하지만 세 번째 약속을 잡으면서, 준호는 결정했다. 말하기로.

이 년이라는 말을 꺼내기가 어려울 거로 생각했는데, 막상 말하니까 생각보다 담담하게 나왔다. 자기 목소리가 낯설었다. 이렇게 건조한 목소리로 이런 말을 할 수 있는 사람이었구나, 라고 자기 자신을 처음 보는 것 같았다. 하예원은 듣는 동안 아무 말도 하지 않았다. 표정이 굳지도 않았다. 준호의 눈을 보면서 그냥 조용히 듣고 있었다. 그 시선이 비켜 가지 않았다.

봄비 아래 피는 벚꽃

잠깐의 침묵이 흘렀다.

"왜 말해줬어요?"

"알고도 괜찮으면 만나고, 아니면 안 만나는 게 맞을 것 같아서요."

하예원이 커피잔을 두 손으로 감쌌다.

"제가 결정해도 돼요?"

"그러라고 말한 거예요."

하예원은 다음 약속을 잡았다.

준호는 그 선택을 막지 않았다. 막아야 한다는 생각이 들지 않았다. 막는다는 건, 이 사람이 스스로 결정할 수 없다고 여기는 것이었다. 알면서도 선택하는 것이 가능한 사람에게, 그 가능성을 빼앗는 것이었다. 그것이 오히려 결례처럼 느껴졌다.

둘이 함께하는 시간이 쌓였다.

수원 광교에 새로 짓는 건물 현장을 함께 걸었고, 하예원의 작업실에서 그림이 완성되는 걸 구경했고, 비 오는 날 지하철역 계단 아래서 비가 그치길 기다렸다. 특별히 대단한 것들이 아니었다. 그냥 사람 둘이 같은 공기를 마시는 시간들. 준호는 그것들을 평소보다 조금 더 느리게 겪으려 했다. 서두르지 않고, 지나치지 않고. 손가락 사이로 빠져나가기 전에 잠깐이라도 더 쥐는 것처럼.

어느 저녁, 하예원의 작업실에서 그녀가 그림을 그리는 동안 준호는 창밖을 보고 있었다. 아무 말도 없었다. 그 침묵이 무겁지 않았다. 오히려 잘 마른 공기처럼 가볍고 깨끗했다. 준호는 생각했다. 어떤 사람 곁에서는 침묵도 숨을 쉬는구나.

가끔 하예원이 준호를 보는 눈빛이 묘하다는 걸 알았다. 불쌍히 여기는 것도 아니었고, 슬퍼하는 것도 아니었다. 그냥 오래, 놓치지 않으려는 것처럼 보는 눈빛이었다. 준호는 그 눈빛이 부담스럽지 않았다. 오히려 고마웠다. 자신을 제대로 보는 사람이 있다는 것이. 그리고 그 시선이 자신을 가엾게 만들지 않는다는 것이.

수술은 여름에 했다.

잘 됐다는 말을 들었다. 완치가 아니라 잘 됐다는 말. 시간을 조금 더 벌었다는 말. 준호는 회복실에서 천장을 보면서 그 조금 더를 어떻게 쓸지 생각했다. 아꼈다가 쓰는 것도 아니었다. 쌓아두는 것도 아니었다. 그냥 매일 다 쓰기로 했다. 다 쓰고 잠들고, 깨면 또 다 쓰고.

어떤 날은 좋았고 어떤 날은 힘들었다. 항암 부작용으로 밥을 못 먹는 날이 있었고, 몸이 무거워서 침대에서 일어나는 데 오래 걸리는 날이 있었고, 이유 없이 기분이 좋아서 혼자 웃는 날도 있었다. 그 들쑥날쑥함이 준호는 싫지 않았다. 날카로운 날과 무딘 날이 번갈아 오는 것, 그게 다 자기 것이었으니까. 좋은 날도 나쁜 날도 자기가 선택해서 맞고 있는 날들이었으니까. 주어진 것들을 그냥 통과하는 게 아니라, 골라서 서 있는 자리에서 오는 것들이었으니까.

하예원에게 기대는 날도 있었다. 처음에는 그게 불편했다. 짐이 되는 것 같아서. 그런데 하예원은 한 번도 무거워하는 기색을 내비친 적이 없었다. 아니, 정확히는, 무거워도 내려놓지 않겠다고 결정한 사람의 고요한 얼굴이었다. 결정이 끝난 사람만이 가질 수 있는, 흔들리지 않는 조용함이었다. 준호는 그게 보였다. 그래서 기댔다.

두 번째 봄이 왔다.

여의도 윤중로. 사람이 너무 많았다. 하예원이 군중 속에서 준호의 손을 잡았다. 놓칠 것 같다는 말도 없이 그냥 잡았다. 작년에 처음 만났던 날, 벚꽃 아래 혼자 앉아 있던 사람이 지금은 이렇게 먼저 손을 잡는다. 준호는 그 손을 놓지 않았다.

벚꽃이 지기 시작하고 있었다. 바람이 불 때마다 꽃잎이 쏟아졌다. 사람들이 그 아래서 눈을 감거나, 두 팔을 벌리거나, 웃거나 했다. 준호도 멈춰 서서 하늘을 올려다봤다. 꽃잎이 내려오고 있었다. 여러 방향으로, 각자의 속도로, 제각각의 궤적을 그리면서.

예쁘다는 생각과 진다는 생각이 동시에 왔다. 그 두 생각이 서로 충돌하지 않았다. 예쁜데 진다. 지는데 예쁘다. 두 문장이 서로를 부수지 않고 나란히 있었다. 어느 쪽이 먼저인지 알 수 없었다. 어쩌면 같은 말인지도 몰랐다. 아름다운 것과 소멸하는 것이 원래 한 몸이었던 것처럼.

준호는 이 자리에 다시 올 수 있을지 몰랐다. 내년 봄에 여기 있을 수 있을지. 하지만 그 모름이 지금, 이 순간을 갉아먹도록 두지 않기로 했다. 내년을 모른다는 것과 지금이 있다는 것은 별개의, 그리고 동등한 사실이었다.

지금 꽃이 지고 있었다. 지금 손이 잡혀 있었다. 지금 바람이 불었다.

그것들은 일어나고 있었다. 자기가 만든 것들이었다.

봄비 아래 피는 벚꽃

피하지 않고 걸어온 자리에서만 볼 수 있는 것들이었다.

집에 돌아오는 길에 하예원이 물었다.
"후회한 적 있어요? 나한테 말한 거."
준호가 생각했다. 진짜로 생각했다. 쉽게 아니라고 할 수 있었지만 그러지 않았다. 이 사람 앞에서는 빠른 대답보다 정직한 대답이 맞았다.
"없어요."
"왜요?"
"말 안 했으면 지금 이 시간도 없었을 테니까."
하예원이 걷다가 멈췄다. 준호도 멈췄다. 하예원이 준호를 봤다. 가로등 불빛 아래서, 그 눈이 조금 빛났다. 울 것 같은 빛이 아니었다. 무언가를 깊이 확인하는 사람의 눈빛이었다.
"나도 없어요."
"뭐가요?"
"후회. 알고 만나기로 한 거."

준호는 종종 혼자 이 계절을 생각했다.
벚꽃이 일주일이라는 걸 안다. 다음 주면 진다. 그다음 주면 잎만 남는다. 그 사실이 발걸음을 멈추게 하지 않는다. 오히려 걷게 한다. 알기 때문에 걷는다. 모르는 척해서 걷는 게 아니라, 정확히 알면서 기어이 걷는다. 그 기어이 안에는 두려움도 있고, 슬픔도 있고, 그럼에도 불구하고 묵직하고 완강한 무언가도 있다.

그게 이 꽃이 피는 방식이었다. 자기가 얼마 못 간다는 것을 어떤 의미에서 알고 있는 것처럼, 그럼에도 기어이 피어버리는 방식. 봉오리 안에서 이미 지는 법을 알고 있으면서도, 기어이 터지는 방식. 준호는 그 기어이를 오래 생각했다. 체념도 아니고 용기도 아닌, 그 사이 어딘가에 있는 단단하고 조용한 태도.

준호는 그걸 배웠다고 생각했다. 나무한테서. 꽃한테서.

두렵지 않다는 게 아니었다. 두려움과 함께 걷는다는 것이었다. 두려움을 이겼다는 게 아니었다. 두려움을 데리고 다니기로 했다는 것이었다. 슬픔이 없다는 게 아니었다. 슬픔도 자기 것으로 거두어들인다는 것이었다. 예정된 끝을 향해 걷는 길 위에서 만난 것들, 겪은 것들, 손에 쥔 것들. 그 전부가 자기 인생이었다. 결말이 정해져 있다고 해서 그 앞의 것들이 덜 자기 것이 되는 건 아니었다.

오히려 더 자기 것이 됐다.

피하지 않았으니까. 골라서 걸어왔으니까. 기어이.

세 번째 봄이 올지 모른다.

오면 또 올 것이다. 이 길을. 하예원의 손을 잡고, 꽃잎이 쏟아지는 아래에 서서, 지금 여기 있다는 것을 느낄 것이다.

오지 않으면, 두 번의 봄이 있었다. 그 봄들은 준호가 만든 봄이었다. 주어진 게 아니라 스스로 택해서 맞은 봄. 아무것도 하지 않거나 모든 걸 접고 조용히 기다렸다면 갖지 못했을 봄들. 그 봄들 안에는 병원 복도의 형광등 빛도 있고, 처음 하예원 옆에 앉던 벤치도 있고, 작업실의 마르지 않은 물감 냄새도 있고, 비 오는 계단 아래서 아무 말 없이 서 있던 시간도 있다. 그것들이 전부 문호의 것이었다. 누구도 가져갈 수 없는.

그것으로 됐다.

아니, 됐다는 말로는 부족하다.

그것이 전부다.

아직 누굴 품을 수 없는 아이에게

아직 누굴 품을 수 없는 아이에게

윤슬에 살포시 떨어진 벚꽃잎 하나

혹여나 거친 파도로 인해
바다에 물들어버릴까 봐

조심스럽게
아이 다루는 듯 벚꽃을 손바닥에 올렸다

부디 바다를 닮지 말기를
누군가를 품지 말기를

아직 벚꽃은
누굴 품을 수 있지 않으니까

1. 김현아

봄비 아래 벚꽃 의자

기쁜 날인지 슬픈 날인지 분간이 가지 않는다
그럴 때면 날씨가 항상 오늘의 내 기분을 알려주지

버스를 타고 가는 길에
창문에 맺힌 물방울이 움직이는 것만 보았다

그렇게 도착한 한 공원
그 공원에서 가장 예쁘게 자라고 있는 벚꽃나무

아, 아…
봄비 때문인지 벚꽃이 다 저버렸구나
덕분에 올해는 누구보다 빠른 선물을 받았다

바지가 다 젖는지도 모르고
떨어진 벚꽃 위에 앉았다

꽃잎이 다 떨어진 나무가
비를 막아주지 못했지만 괜찮다
아주 예쁜 의자 선물을 받았으니

몇 시간이나 지났을까
비가 서서히 그치고
해도 저 산을 점점 넘어간다

엉덩이를 탈탈 털고 일어나서는
나무에 인사한다

'엄마 다음에 또 올게'
'그때는 더 예쁜 의자 만들어줘'

벚꽃은 약속을 지키고 있었다

같이 보기로 했던 벚꽃이 피었어.

별것 아닌 약속이었는데,

이상하게도 오래 남아있었어.

날이 따뜻해지면, 벚꽃이 피면,

그때 같이 보자고 했던 말.

결국 우리는 같이 보지 못했지만.

그래도 나는 오늘, 여기까지 왔어.

벚꽃은 생각보다 더 많이 피어 있었고,

사람들은 그 아래에서 사진을 찍고 있었어.

나는 그사이를 천천히 걸었어.

문득, 네가 여기 있었으면 어땠을까 생각했어.

아마 너는 괜히 꽃잎을 잡으려고 손을 뻗다가,

결국 하나도 못 잡고 웃었을 것 같아.

나는 그 옆에서, 아무 말도 하지 않고 그 모습을 보고

있었겠지.

바람이 불었어.
꽃잎 몇 장이 천천히 떨어졌어.
나는 걸음을 멈췄어.
이상하게도, 아쉽다거나 슬프다는 생각은 들지 않았어.
그저, 조금 늦었다는 느낌만 남았어.
그래도 괜찮다고 생각했어.
벚꽃은, 약속을 지키고 있었으니까.

미신

벚꽃

그거 아십니까
제가 당신을 생각하며
떨어지는 벚꽃을
수없이 잡았다는 것을

그저 남들이 보기엔
봄의 서막이지만

나에겐 기회이자 기도였습니다

그래서 그런 건지

남들도 당신도 벚꽃이 떨어짐에 웃을 때
나 홀로 너무 사뭇 진지해서인지

이미 기력이 다해 떨어지는
벚꽃잎을 아무리 잡아다 빌어도

이미 떨어진 꽃잎에서 꽃내음을 찾기는
어려웠습니다

봄비 아래 피는 벚꽃

연의 세탁소

벗꽃

누구보다 달콤하고

어느 때보다 쿰쿰한

재취 가득한 꽃잎이 흩날린다

자그마한 곡선을 그리며

내 어깨에 내려앉은 얼룩

새하얀 옷에 물들어

지워지지도 않는다

늦은 오후의 세탁소

불 꺼진 가로등의 거리

그 사이 문을 억지로 비집고 나오려는

이 떫은 불쾌함을

벗꽃

얼룩진 천 조각에 가둬두곤
결국 발을 돌려 터벅터벅.

오늘도 어쩔 수 없네 -

흑빛의 벚꽃 사이
그 세탁소를 향한 발자국을 만개한다

벚꽃

왜 봄이 좋냐고 묻는다면

나는 벚꽃이 피기 때문이라 답할 거야

벚꽃은 비가 오면 금방 져 버리지 않느냐고 묻는다면

나는 비가 내려 벚꽃이 져 버리는 것보다

찬란하게 흩날리는 벚꽃의 모습이

더욱 오랫동안 기억되기 때문이라 답할 거야

그게 봄이니까

금방 떠나버릴지라도

온 힘을 다해 찬란하게 빛나는

그게 바로 봄이니까

벚꽃이 피는 봄의 계절

봄비가 내리고 난 후 꽃잎이
떨어진다

비가 오면 감성적으로도
조용하다가도 고요하지만
마음이 평온해진다

당신의 마음을 모르지라도
봄비가 그치면 그 후에 다시 고백할 생각이라오 마음
만 꽁꽁 숨겨본다

봄이 지나면 여름이 올지라도
그대가 좋아하는 계절을 잊지 않고
평생 기억할 것이니

누가 뭐라 해도 당신은 특별한 존재라고 벚꽃이 떨어
져도 그대는 이미 충분하다고 말이다

당신은 정말 천사와도 같고
아름다운 꽃송이와 같다

벗꽃

벗꽃이 지고 난 뒤

길 가장자리에
얇게 쌓여 있다

사람들은
그 위를 피하지 않는다

신발 끝에 붙은 몇 장이
몇 걸음 따라오다가
어느 순간
조용히 떨어진다

아무도
그걸 돌아보지 않는다

그날의 벚꽃은

끝내

어디에도 닿지 못한 채

짧은 시간만

곁에 머물다

사라졌다

봄눈

솜사탕 같은 하늘

바람에 흩날리는
벚꽃 한 잎 한 잎이
겨울눈처럼 내리고 쌓인다

겨울은 온통 하얀색
봄은 온통 분홍 하늘색

색깔이 봄을 알린다

온 동네 봄 내음
온몸으로 봄을 느낀다

분홍실크자락
밟고 가련다

벚꽃이 필 때면

벚꽃

아쉬움을 간직한 채
올해도 어김없이 벚꽃이 피었다.

내 마음 한곳을 분홍빛으로 물들어놓고
떠나버린 널
벚꽃이 필 때면
하염없이 기다리고 또 기다린다.

그때는 아마
흩날리는 꽃잎 사이로
조금은 덜 아픈 기억이 되어
조용히 웃을 수 있기를

바람에 실려 온 향기처럼
스치듯 지나간 너의 시간도

이젠 붙잡지 않고

그저 아름다웠다고 말할 수 있기를

그래서 다시

벚꽃이 필 때면

기다림이 아닌 설렘으로

하늘을 올려다볼 수 있기를

벚꽃에게 의미 부여

벚꽃은 늘 같은 자리에 피지만 그것을 바라보는 마음은 해마다 다르다. 어떤 해에는 그저 예쁘다고 웃으며 지나쳤고, 또 어떤 해에는 이유 없이 오래 머물러 바라보았다. 아마도 벚꽃은 꽃이어서가 아니라 지나가는 시간의 한 장면이어서 더 특별할지도 모른다.

분홍빛으로 가득 찬 거리를 걷다 보면 잠시 모든 것이 느려지는 기분이 든다. 바람이 불며 꽃잎이 흩날리고 그 짧은 순간이 마치 오래 기억될 장면처럼 마음에 남는다. 그래서인지 벚꽃은 늘 아쉬움을 남긴다.

우리는 언젠가 질 것을 알면서도 벚꽃을 기다린다. 어쩌면 그건 꽃을 기다리는 게 아니라 잠시라도 다시 설레고 싶은 마음일 것이다. 그리고 그 설렘은 꽃이 지고 난 뒤에도 조용히 마음 한편에 남아 다음 봄을

기다리게 한다.

  그 아래를 함께 걸었던 사람들, 나누었던 이야기들, 아무 말없이도 충분했던 순간들까지도 벚꽃과 함께 떠올라 마음을 스친다. 꽃잎이 바람에 흩어질 때마다 지나간 시간 역시 그렇게 흘러갔음을 깨닫게 된다.

  그래서 벚꽃은 매년 피고 지지만, 우리의 마음속에서는 조금씩 다른 모습으로 계속 피어나고 있는지도 모른다.

벗꽃에게

벗꽃

언젠가 다시
뜨거운 태양이
떠올라 빛을 받은
아름다운 벗꽃이
피길 기다린다

따스한 바람이
이리저리 춤을 추고
분홍빛 벗꽃이
사뿐히 땅으로
가지 못하게

이리저리 손을 저어
벗꽃을 잡는다

눈을 꼭 감고

내 손의 작은

벚꽃에게 소원을

속삭여 본다

봄의 한복판에서

이루어지지 못한다는 건
정말 잘된 일이야.
떨어지는 꽃잎
한 장에도
미련이 담겨 있질 않잖아

말이 되지 못한 글들이
시가 되길 갈구하며
그 어느 한 자락 미련을 씻어 보낼 때
나는 깨닫는다 그 궁극적인 애정이 향하는 곳을

벚꽃나무 아래서
꽃잎 한 장 잡아 보겠다고
이루어 보겠다고 그게 무엇이든

핸드폰 뒤에 조그맣게 끼워 놓은 벚꽃잎 그리고 소
원 그리고
애정?
애정은 모르겠고 사랑은 할 수 있을 것만 같습니다
내일은 더 많은 꽃잎이 떨어집니다

작은 정원

사랑으로 본 벚꽃은

한 폭의 그림의

배경이 되어 아름다움을 더했고

우정으로 본 벚꽃은

깔깔 웃는 친구들에게

그늘을 주는 안식처가 되었고

그냥 올려다본 벚꽃은

투박한 나의 손 위에

꽃잎을 떨어뜨려 여유를 더했네

내 손 속 작은 벚꽃 나무야

얼른 커서 나에게

아름답고 유치한 노래를 불러주렴

벗꽃 침대

코를 희롱하는 벚꽃은

날 놀리듯 창문 밖에 폈네

따뜻한 차가움은

날 나른하게 만들고

밝은 어둠은

날 헤롱하게 만드네

벚꽃은 날 감쌌고

난 그 안에서 잠드네

현실과 꿈의 중간

종소리가 울리네

불가피 탄생

벚꽃이 피어난다
몽우리 진 몸을 펼쳐내면서

키우던 화분 속 선인장이 죽었다
빼빼 말라 있던 그 몸이 거기서 더 말라비틀어질 수
있구나

위층에서 물방울이 종종 떨어지고
그걸 맞을 때마다 선인장은 무슨 생각을 했는지
괜스레 마음 쓰며 선인장을 집 안으로 들였다

창밖에 무수히 피어나고 있는 벚꽃들을 보면서
너는 무슨 생각을 했을까

머리 위로 떨어지는 지독한 실외기의 물방울을 보며,
찬란한 벚꽃들과 관자놀이에서 뻗어져 나오는 자신
의 가지를 보며,

하늘에서 흔들리며 내려오는 게 봄인지 비인지
그 무엇도 아닌 걸 알고 있었는지

봄비 아래 피는 벚꽃

벚꽃 피는 날에는 네가 더 귀엽다

벚꽃

여의도 벚꽃길은
사람이 너무 많아서
서로를 잃어버리지 않으려면
조금 더 가까이 붙게 돼

벚꽃은 머리 위에서 쏟아지고
사람들은 전부
누군가의 사진사가 되곤 해

너는 또
괜히 더 예쁜 자리로 가서 서고
바람이 불면
꽃잎이 한꺼번에 떨어지지

그 타이밍에 맞춰
꽃보다 예쁜 널 찍게 돼.

사실은
사진보다
지금 네 표정이 더 좋아

머리에 붙은 꽃잎을
떼어줄까 말까 하다가
괜히 장난치고 싶어서
조금 더 두고 봐

벚꽃은 사람 많은 거리에서도
딱 둘만 남은 것처럼 만들고

벚꽃이 흩어지는 순간마다
이상하게도
너를 좋아하는 이유가
하나씩 늘어나

봄비 아래 피는 벚꽃

첫사랑 낙화

벗꽃

사랑 같은 벗꽃잎을

음미하는 자를

바라볼 수 없네요.

떨어지는 벗꽃잎을

잡겠다고 뛰어드는 자들이여

그대 무너짐이

나무로 자라났나요?

잡혀 봤자 썩혀질 잎을 포기하고

올려다보는 무능함을

물들이세요.

간절히 뛰어오를 때

나를 비껴가는 핑크빛이

돋보입니다.

예상치 못하게
나를 감싸는 떠밀림이
아픈 시작을
빛냅니다.

우리의 봄은 분홍색

낮선 곳에서 느끼는 익숙한 감각이란.

한국을 떠나 타지에 온 지 어느덧 2개월, 그녀는 파트너와 함께 한방에서 자고 깨는 날을 이어왔다. 세상을 바꾼다던 그들은 이 좁은 방에 노트북 2대를 붙들고 전전긍긍하고 있다. 무엇이 세상을 바꿀 수 있을지, 무엇이 사람에게 도움이 될지, 너무 큰 그림만 그리던 그들에게 작은 그림은 없었다. 마땅한 소득이 없어 그녀는 어디서 주웠는지 모를 바이올린으로 길거리 공연을 하는 것이 일상이 되었다.

"2시간만 하고 올게."
"오늘도 화이팅!"

바이올린 가방을 메고선 서늘하고도 따뜻한 공기를

느끼며 늘 가던 길을 떠난다. 주위를 둘러보면 처음 보는 이들, 가끔씩 들어오는 한국인들. 한국이 그리운가? 그녀는 그렇진 않았다. 박힌 틀에서 벗어나고자 자유를 찾아 떠난 날들에 후회는 없었다. 하지만 생각보다 새롭게 찾은 자유 또한 하나의 틀이 된 기분이었다.

한 호수 주변에 가니, 주위를 산책하는 부부들, 강아지를 데리고 나온 사람들, 안정과 고요가 깃든 이곳이 그녀의 소리를 내기에 좋아 보였다. 길을 따라 걸으며 어디가 좋을까 살펴보던 그녀의 눈에, 작은 분홍빛 나무가 보였다. 벚나무다.

홀린 듯 다가가선 나무를 자세히 본다. 여기 와선 이런 색을 본 적이 많이 없는데. 한국에선 집 앞에 뻗은 길 양옆을 이 분홍이 지키고 있었는데. 여기에선 어찌 홀로 서 있을까? 한 잎이 떨어져 오른손등에 닿자, 그녀는 가방을 열어 바이올린을 꺼낸다.

정작 익숙할 때는 신경도 안 쓰던 것들이, 오래 떠나고 다시 만나봐야 비로소 의미 있어 보일 때가 많다.

고작 흔한 꽃 하나가 먼 타지에서 영감이 될 줄은 누가 알았겠는가. 그녀는 불어오는 바람에 흔들리는 벚꽃을 따라 감각을 연주하기 시작했다.

의무로 가득한 세상 속 우리는 어쩌다 도착지만 보고 과정의 꽃길은 보지 못하였을까? 수없이 지나간 그 길을 계속 떠올린다. 놀이터로 가던 길, 학교와 학원에 가던 길, 시험장으로 가던 길 모두 옆에는 자그마한 화단에라도 꽃이 있었다. 무심코 지나간 아름다움에 한 음, 팍팍했던 자신에게도 한 음. 그녀는 그녀만의 곡을 만들어간다.

오로지 세상에 그녀와 벚꽃밖에 없었던 공연이 끝나자, 다시 현실로 돌아온다. 산책하는 부부들, 강아지와 함께하는 사람들. 옅게 박수 소리가 들리고 어느새 바이올린 가방엔 지폐가 몇 장 보인다. 그녀를 바라보는 이들에게 가볍게 인사하며 다음 곡을 준비한다.

"...그랬었지."

한국을 떠나 타지에 온 지 어느덧 1년 2개월, 그녀와

파트너는 버스 안에서 같은 나무를 바라본다. 손에는 서류 가방, 그들은 투자받기 위한 미팅에 참석하러 가는 중이다.

어느새 많이 성장했다. 어린 시절 늘 다니던 길의 벚꽃들은 그대로인데 우리의 나이는 쌓여왔었듯이. 항상 푸른 나무보다, 가끔 찾아오는 분홍이 시간의 흐름을 더 체감되게 만든다.

"꽃 좋아해?"

그녀가 파트너에게 기억을 더듬듯 질문한다.

"오 맞아! 좋아하는데, 제대로 못 본 지 오래됐어."
"이거 끝나고 잠깐 쉬면서 꽃구경하자."
"좋지. 완전 오랜만인데?"

파트너도 잊고 있었던 꽃을 떠올렸나 보다. 긴장되던 분위기를 적시는 분홍색 대화는 버스에 담겨 떠나가고, 묵묵히 자리를 지키던 벚나무는 꽃잎을 하나, 다시 찾아올 그들을 향해서 떨어뜨린다.

봄비 아래 피는 벚꽃

빗속에 떨어지는 벚꽃을 보며
인생무상을 떠올린다

비가 내리는 날의 벚꽃은 맑은 날의 벚꽃과는 전혀 다른 얼굴을 하고 있다. 햇살 아래에서 반짝이는 벚꽃이 누군가의 설렘이라면, 빗속에서 조용히 젖어가는 벚꽃은 누군가의 기억을 닮아 있다. 같은 꽃인데도 이렇게 다른 감정을 건네다니, 생각해 보면 신기한 일이다. 아마도 우리는 계절을 보는 것이 아니라, 계절 속에 비친 자신의 시간을 바라보고 있기 때문일 것이다.

며칠 전, 비가 내리는 오후였다. 우산을 쓰고 길을 걷다가 문득 고개를 들었는데, 젖은 벚꽃잎 몇 장이 천천히 떨어지고 있었다. 바람도 거의 없었는데 꽃잎은 조용히, 그러나 멈추지 않고 내려왔다. 마치 오래된 생각이 마음속에서 하나씩 떠오르듯. 그 순간 나는 이유 없이 '인생무상'이라는 단어를 떠올렸다.

살면서 우리는 많은 시작을 하고 또 많은 끝을 맞이한다. 그러나 그 시작과 끝이 언제였는지 정확히 기

억하지 못하는 경우가 더 많다. 어느 날 갑자기 친해졌고, 어느 날 갑자기 멀어졌다. 좋아졌다고 생각하면 어느새 포기하고 있었다. 벚꽃도 그렇다. 언제 피기 시작했는지 모르는 사이 거리는 이미 분홍빛으로 가득 차 있고, 언제 떨어지기 시작했는지 모르는 사이 길 위에는 꽃잎이 수북이 쌓여 있다.

빗속에서 떨어지는 벚꽃을 바라보고 있으면, 그 짧은 순간이 이상하게도 길게 느껴진다. 꽃잎 하나가 가지에서 떨어져 땅에 닿기까지는 몇 초밖에 걸리지 않지만, 그 안에 계절 하나가 통째로 들어 있는 것만 같다. 그리고 그 계절 속에는 우리의 지난 시간도 함께 담겨 있다.

어릴 때는 벚꽃이 피면 그저 예쁘다고만 생각했다. 친구들과 사진을 찍고, 간식을 먹으며 웃고 떠들던 기억. 그때는 꽃잎이 떨어지는 모습이 슬프게 느껴진 적이 거의 없었다. 오히려 흩날리는 꽃잎이 더 낭만적으로 보이기도 했다.

그런데 언제부터인가 그 장면이 조금 다르게 다가오기 시작했다. 시간이 흐르면서 마음속에 쌓인 이야기들이 많아진 탓일 것이다. 떠나보낸 사람들, 멀어진 관계들, 이루지 못한 계획들, 지나가 버린 기회들. 그

런 것들이 조용히 쌓이다가, 비 오는 날의 벚꽃을 보는 순간 한꺼번에 떠오른다.

비는 늘 기억을 부드럽게 꺼내는 역할을 한다. 맑은 날에는 잘 보이지 않던 생각들이 빗소리 속에서는 또렷해진다. 마음속 문을 살짝 열어주는 열쇠처럼. 그 문이 열리는 순간, 우리는 저도 모르게 걸음을 멈추고 지나온 시간을 돌아보게 된다.

빗속에서 떨어지는 벚꽃은 서두르지 않는다. 조용히, 그러나 확실하게 자신의 시간을 마무리한다. 그 모습이 이상하게도 단정하게 느껴진다. 마치 "여기까지였다"라고 말하는 것처럼. 그 단정함이 마음을 흔든다.

우리는 늘 오래 남고 싶어 한다. 더 오래 사랑받고 싶고, 더 오래 기억되고 싶고, 더 오래 머물고 싶어 한다. 하지만 벚꽃은 그렇지 않다. 가장 아름다운 순간에 가장 먼저 떠날 준비하고, 아무 미련 없이 자신의 자리를 내려놓는다.

그래서인지 벚꽃을 보고 있으면 욕심이 조금 줄어든다. 꼭 붙잡고 있어야 한다고 생각했던 것들이 사실은 잠시 머물다 가는 것일지도 모른다는 생각이 들기 때문이다. 관계도, 일도, 마음도. 언젠가는 흩어질 수

벚꽃

있다는 사실을 받아들이는 순간, 우리는 오히려 지금을 더 소중하게 바라보게 된다.

비에 젖은 벚꽃잎이 길 위에 내려앉아 있는 모습을 한참 동안 바라본 적이 있다. 누군가에게는 그저 지나치는 풍경이었겠지만, 나에게는 꽤 오래 남는 장면이 되었다. 젖은 꽃잎은 더 이상 화려하지 않았다. 하지만 오히려 그래서 더 진짜 같았다. 화려함이 사라진 자리에는 조용한 진심 같은 것이 남아있었다.

어쩌면 인생도 그런 것인지 모른다. 가장 빛나던 순간보다, 조금 지나간 뒤의 시간이 더 깊게 남는 경우가 많다. 빠르게 지나간 시간은 기억 속에서 흐릿해지지만, 천천히 사라진 시간은 오래 마음에 머문다. 빗속에서 떨어지는 벚꽃은 그런 시간을 닮아 있다.

우리는 늘 앞으로 가야 한다고 생각한다. 더 나아져야 하고, 더 성장해야 한다고 믿는다. 물론 그것도 중요하다. 하지만 가끔은 멈춰 서서 떨어지는 꽃잎 하나를 바라보는 시간도 필요하지 않을까. 그 짧은 멈춤이, 우리를 다시 단단하게 만들어 주기도 하니까.

빗속의 벚꽃은 아무 말도 하지 않는다. 그런데도 괜찮다고 말해주는 것 같다. 지금 조금 느려도, 조금 흔들려도, 잠시 멈춰 있어도 괜찮다고.

봄비 아래 피는 벚꽃

그날 나는 우산을 쓰고 한참 동안 그 자리에 서 있었다. 꽃잎 몇 장이 우산 위에 떨어졌고, 몇 장은 신발 위에 내려앉았다. 그리고 몇 장은 빗물에 섞여 어디론가 조용히 흘러가 버렸다. 그 모습을 보며 생각했다. 우리도 결국 그렇게 흘러가겠구나. 각자의 방향으로, 각자의 속도로.

그러자 마음이 조금 가벼워졌다. 모든 것을 붙잡아야 한다는 생각에서 벗어나게 된 것이다. 놓아도 괜찮은 것들이 있고, 떠나보내야 하는 시간도 있고, 자연스럽게 흘려보내야 하는 순간도 있다는 사실. 그것을 그날 빗속에서 배웠다.

빗속에 떨어지는 벚꽃을 보며 떠올린 인생무상은 슬픔만을 의미하지 않았다. 오히려 지금 이 순간이 얼마나 소중한지를 다시 알게 해주는 조용한 깨달음에 가까웠다. 사라지기 때문에 아름답고, 짧기 때문에 더 깊이 기억되는 것들이 우리 삶에는 분명히 존재한다.

아마도 내년 봄이 오면 또다시 벚꽃을 보게 될 것이다. 비가 내리는 날이 있다면, 나는 다시 같은 생각을 하게 될지도 모른다. 그래도 괜찮다. 같은 계절을 다른 마음으로 맞이하는 것, 그것이 우리가 시간을 살아가는 방식일 테니까.

오늘도 어디선가 벚꽃이 조용히 떨어지고 있을 것이다. 그 꽃잎 하나가 누군가의 마음 위에 내려앉아, 잠시 멈춰 서게 만들고 있을지도 모른다. 그런 순간들이 모여 우리의 시간이 되고, 우리의 이야기가 되고, 결국 우리의 인생이 된다.

그녀, 벚꽃

벚꽃 필 무렵에
내 마음은 몽글몽글
두근거리며
그녀, 벚꽃을 기다린다.

뽀얗고 분홍빛이 오묘하게
섞여 서로 지금이 제일 예쁘다고
주장한다.

지나가는 아기에게는 다정한 엄마처럼
지나가던 청년들에게는 눈을 머물게 하고,
지나치는 엄마들에게는 문득 멈춰
한때의 봄을 떠올리게 하는

그녀, 벚꽃은
만인의 마음을 흔들어 놓고
다정하게 말을 걸어오네.

벗나비

벗나무 아래에서 걸으면서
남자가 여자에게 말했다.

저 벚꽃은 나비 같아.
비록 한 잎이 떨어졌지만

그래도 날고 있잖아.

벚꽃: 봄의 짧은 시구

삼키기가 아쉬워
입안 가득 굴리던 봄의 언어

그중에서도 가장 짧은 시구 하나
몽상가의 얇은 책장을
앞뒤로 어지럽게 흩날린다

이 계절은 여백을 견디지 못해
잦아드는 마침표 위로
문장의 끝을 미루듯 몇 번은 더 굴려보네

허공은 태초의 봄으로부터
찰나를 되짚어
벚꽃을 불러내고

그리하여
또다시 봄날이 올 때까지

331
벚꽃

그대를 만나러 가는 길

봄빛으로 녹아든 가슴이 터질 듯한

그대를 향한 설렘만이 가득한 이 길.

분홍빛 하늘과 첫눈을 밟는 듯한

나의 떨리는 발걸음.

내 맘이 한 걸음 두 걸음 걸을 때마다

그댈 향한 애정어림과

두근거림의 봄바람이 불어와

나도 모르게 조급해져 오는 벅찬

벚꽃 길 위에 다솜한 마음.

봄 하늘 아래 떨어지는 벚꽃처럼

분홍빛으로 퍼지는 내 마음.

손바닥 위로 떨어진 꽃잎에

그대 마음에 벌써 닿은 듯한

사랑이 가득히 스며든 내 마음.

그대가 기다리고 있을 그곳에

그대에게 어서 닿기를 바라며,

달려가고 있는 이 길은

그대를 만나러 가는 길.
벚꽃

벗꽃 편지

이 편지는 그대를 향한

봄바람에 태워 보내는

봄빛 가득 사랑 벗꽃 편지죠.

겨울 지나 봄기운을 몰고 온

이 봄눈은 무엇 때문에

이리도 요란하게 휘몰아칠까요

꽃물결은 살랑이

벗꽃 비는 사랑이

내 마음은 반짝이

향기로운 벗꽃 내음을 내뿜고

다가온 그대 때문에 설레어서

내 마음은 빛나고 있네요.

이 부푼 떨림을 이로 말할 수가 없네요.

은은하게 비추는 달빛 아래에서 써 내려가는

그대를 향한 소중한 꽃잎 몇 장 담아 보내는

벗꽃 편지입니다.

개화

달력에는 아직
몇 장의 망설임이 남아있었는데
현관 손잡이에는
겨울 외투가 걸려 있었고
가지들은 먼저 환해졌다

우리는 그 아래
돗자리를 펴고 앉아
편의점 김밥의 비닐을 벗기고
얼음이 거의 녹은 커피를 돌려 마셨다

누군가는 사진을 찍고
누군가는 떨어지는 꽃잎을
손등으로 받아 보려 했고
누군가는 웃다가

335
벚꽃

목덜미의 땀을 닦았다

예쁘다
그 말은
생각보다 먼저 나와
우리 사이를 가볍게 간질렀다

벚꽃은 정말
눈이 시리도록 피어 있었고

다만
그늘에 앉아 있는데도
발등이 자꾸 따뜻해지는 오후였다
바람은 꽃냄새보다 먼저
열기를 묻혀 왔다

웃음이 한 번 지나갈 때마다
마음 한쪽에서
날짜가 조용히 밀렸다

우리는 모르는 척
과자를 집어 먹고
방금 찍은 사진 속
서로의 얼굴을 들여다보았다

누군가의 머리칼에는
햇빛이 너무 쉽게 내려앉았고
누군가의 어깨 위에는
꽃잎이 오래 붙어 있었다

하얀 것이 저토록 가볍게 날리는데
이마에는 자꾸
얇은 땀이 맺혔다

아름다운 것은
이토록 아무 일 없는 표정으로 오고
그 뒤편에서
계절의 순서가
조금씩 밀리고 있었다

벚꽃

우리는 무거운 말을 꺼내지 않았지만
말하지 않은 것들은
꽃잎처럼 가볍게 내려앉아
쉽게 털리지 않았다

그래도 우리는
그 아래 함께 모여 앉아
각자의 근황을 꺼내놓고
웃음이 터질 만한 사소한 일들을
봄보다 먼저 나누었다

우리는 한동안
같은 쪽을 올려다보았다

유난히 빨리 핀 벚꽃 아래
우리는
예쁘다는 말과
그 말을 끝까지 믿지 못하는 마음 사이에 앉아
꽃이 지는 쪽을 보고 있었다

봄비 아래 피는 벚꽃

벚꽃 엔딩

집 근처에 벚나무 한 그루가 있었다. 여러 그루도 아니고 단 한 그루만이 다른 나무 사이를 비집고 존재를 드러냈다. 벚꽃이 만개하는 시기가 오면 나무는 화려하고 예쁜 모습을 한껏 뽐낸다. 나는 유독 후각이 예민했다. 좋은 향기든 나쁜 냄새든 남들보다 더 민감하게 느낄 수 있었다. 그래서 봄 내음 또한 온몸 가득 채워 기쁨을 만끽했다.

그날은 동네 사람 모두가 나온 듯 바글바글해 보였다. 아마도 개화한 아름다운 벚꽃을 한껏 즐기기 위함이리라. 나도 그들 틈에 자연스레 스며들었다. 사람들의 웃음소리와 아이들의 즐거운 비명마저 거슬리지 않고 한데 어우러져 낭만적인 소음으로 들렸다.

슈-웅 잔잔한 바람이 머리칼을 스쳐 벚꽃에 닿았는

지 벚꽃잎이 아래로 흩날리기 시작했고, 사람들은 너도나도 카메라 셔터를 누르며 순간을 간직했다. 모든 이들이 카메라에 벚꽃을 담아내는 그 시간이 마치 정지된 듯 이질적인 느낌이 들었다. 군중 속의 고독이라고 해야 할까. 사람들의 얼굴에는 환한 봄이 번지고 있었고, 내 마음에는 설명하기 어려운 공허가 천천히 내려앉고 있었다.

나는 그저 멍하니 벚나무를 올려다보았다. 바람이 다시 한번 스치자 꽃잎이 내 어깨 위로 천천히 내려앉았다. 그 순간, 아주 희미한 향기가 코끝을 스쳤다. 달콤하면서도 어딘가 쓸쓸한, 금방이라도 사라질 것 같은 냄새였다. 그 향기를 맡는 순간 문득 깨달았다.

'아! 이건 끝의 냄새구나.'

사람들은 시작을 이야기하지만 나는 언제나 끝을 먼저 맡는다. 봄이 오면 피어나는 꽃보다 곧 흩어질 꽃잎의 시간을 더 선명하게 느낀다. 그래서일까. 이토록 아름다운 풍경 속에서도 나는 자꾸만 사라질 것들에 시선이 머문다.

바람이 조금 더 세게 불었다. 이번에는 더 많은 꽃잎
이 떨어졌다. 누군가는 탄성을 질렀고 누군가는 연신
셔터를 눌렀다. 하지만 내게는 그것이 축제가 아니라
작별 인사처럼 느껴졌다.

나는 천천히 손을 뻗어 허공에 떠다니는 꽃잎 하나
를 잡았다. 손바닥 위에 내려앉은 그것은 생각보다 가
볍고, 또 너무 쉽게 부서질 것 같았다.

'곧 없어지겠지.'

작게 중얼거리자 그 말이 이상하게도 위로처럼 들
렸다. 모든 것은 결국 사라진다. 향기도 꽃도 이 순간
도. 흩날리는 벚꽃 사이에서 끝을 알고 있음에도 불구
하고 여전히 아름다운 것들이 있다는 사실을, 나는 비
로소 받아들이고 있었다.

벚꽃

오래 기다렸다

벚꽃의 생기가 오기를

화창한 봄볕이다

하룻밤 사이 벚꽃이 터져버렸다

피어나는 생명의 수고에 감사해하고

변함없이 철을 따라 찾아와 준 약속에 기뻐한다

지나간 청춘처럼

머무는 걸음이 짧은 벚꽃의 향기에

다시 봄의 희망을 품는다

때를 따라 피고 지는

피조물의 질서의 아름다움에

오고 가는 삶의 걸음이 얼마나 좋은가

화사하게 춤추는 벚꽃 비의 생동함이
초록의 싱그러운 생명으로 자라나
다가올 무더운 여름 한자리를 지켜주겠지

내리는 봄비에 꽃잎은 힘을 잃어도
그 자리마다 푸름을 더해
또 다른 일상의 온도를 올려주겠지

꽃비가 되어 곳곳의 대지에 수놓아져도
너는 여전히 벚꽃이다
너는 여전히 희망이다

하늘 아래 벚꽃 속에 오늘의 꿈을 남기고
모질 만큼 끈적이게 오늘에 애착을 가지고

오래 기다린다
벚꽃이 가져다준 생기로
벚꽃이 보내다 준 행복을

벚꽃

너의 의미

사실 벚꽃은 나무의 행복일 수도 있다
아주 잠시 머물렀다
이내 다시 떨어지는
그런 찰나의 행복 말이다.

아니라면
벚꽃은 나무의 슬픔일 수도 있다.
아주 잠시 머무르지만
깊은 여운을 남기고 떨어지는
그런 뜨거운 눈물 말이다.

그것도 아니라면
벚꽃은 나무의 질투인 것일까?
아주 아름다운 그 꽃이
질투 날 정도로 아름다워서
떨어트린 것이라는 말이다.

포레스트 웨일 공동 작가

봄비 아래 피는 벚꽃

초판 1쇄 발행 2026년 04월 16일
초판 1쇄 인쇄 2026년 04월 16일

지은이   김유신 | writer&reader | 주야 | 키위 | 박윤윤 | 보름달물해파리
         현수아 | yejin_k | 세아 | 불족발 | 천홍규 | 류광현 | 미리암 최정미
         수민 | 이끼 | 세연 | 현나영 | 글림(오지원) | 夏月 | 璱 | 기유
         김범화 | 고원苦寃 | 강대진 | 정주희 | 김희영 | 김유진 | 몽월 박창수
         서기 | 송해성(아도니스송) | 길가은 | 이건아 | 김소안 | 전근영
         지수 | 머문 | 영지현 | 박만재 | 숨이톡 | 박주연 | 주변인 | 권미자
         이창근 | 윤서 | ㅇ3ㅇ (이심이) | 양성희 | 영원 | 이진형 | 새벽
         최이서 | 이연화 | lilylove | 아낌 | 이상현 | 일월 | 이조일 | 하형정
         황지애 | 새벽(Dawn) | 안세진 | 사비나 | 고딩시인(@po_e.mt)
         우호 | 시야 | 너란별 | 스안 | 김하종 | 가빈 | 사랑의 빛 | 주희
         범람(혜성) | 오렌지음 | 꿈꾸는 쟁이 | 가수 프레첼 | 황상열 | 도로시
         월하 | 유온 | 나승우 | 이서율 | soo.says | 재이아 | 이보하 | 김현아
         정세영 | 명량소녀 | 마법의성님 | 남화정 | 담 | 최재훈 | 양지혜
         글쓰는 몽상가 LEE | 정지민

디자인   포레스트 웨일
펴낸이   포레스트 웨일
펴낸곳   포레스트 웨일
출판등록   제2021 - 0000 14 호
주소   충청남도 아산시 탕정면 용머리길 40 유니콘101 216호
전자우편   forestwhalepublish@naver.com

종이책   979-11-7635-010-5
전자책   979-11-7635-008-2

작가님들과 함께 성장하는 출판사
포레스트 웨일입니다.
작가님들의 소중한 원고를 받고 있습니다.
forestwhalepublish@naver.com